# Walter Kempowski

# Juntas e medulas

Tradução

Tito Lívio Cruz Romão

MARK UND BEIN by Walter Kempowski
© 1992 de Albrecht Knaus Verlag, uma divisão da Penguin Random House Verlagsgruppe GmbH, München, Germany/ www.penguinrandomhouse.de
Direitos negociados por meio da Ute Körner Literary Agent – www.uklitag.com
© 2024 DBA Editora

1ª edição

PREPARAÇÃO
Alan Norões

REVISÃO
Bonie Santos
Nina Auras

ASSISTENTE EDITORIAL
Gabriela Mekhitarian

DIAGRAMAÇÃO
Letícia Pestana

CAPA
Beatriz Dórea/Anna's

IMAGEM DA CAPA
"Descanso no prado", Krzysztof Pawela, 1988. Fotografia da coleção do Museu de Fotografia na Cracóvia, MHF 22637/II.

Impresso no Brasil/*Printed in Brazil*

Todos os direitos reservados à DBA Editora.
Alameda Franca, 1185, cj 31
01422-001 — São Paulo — SP
www.dbaeditora.com.br

Dados Internacionais de Catalogação na Publicação (CIP)
(Câmara Brasileira do Livro, SP, Brasil)

───────────

Kempowski, Walter

Juntas e medulas / Walter Kempowski ; tradução Tito Lívio Cruz Romão.
-- 1. ed. -- São Paulo : Dba Editora, 2024.

TÍTULO ORIGINAL: Mark und Bein

ISBN 978-65-5826-081-3

1. Romance alemão I. Título.

CDD-833   24-194101

───────────

Índices para catálogo sistemático:
1. Romances : Literatura alemã 833
Aline Graziele Benitez - Bibliotecária - CRB-1/3129

A tradução deste livro recebeu o apoio de um
subsídio do Instituto Goethe.

Para Robert

Pois a palavra de Deus é viva e poderosa e mais afiada que qualquer espada de dois gumes, penetra fundo até cindir alma e espírito, bem como juntas e medulas, logrando discernir os pensamentos e os sentidos do coração.

Hebreus 4,12

# 1

Em Hamburgo, na Isestrasse, por trás de velhos castanheiros negros, ainda há uma série de imponentes construções da virada do século, adornadas de arabescos de estuque com motivos primaveris, cinco, seis andares de altura, erguidas com porte senhoril, a mansarda a ostentar o número de um ano triunfante. As escadarias são revestidas de azulejos, e decrépitos elevadores com portas de ferro forjado sacolejam para cima e para baixo. A gente se sente em Paris quando sacoleja dentro deles para cima e para baixo, como em Paris, Londres ou Milão.

Durante a guerra, a Isestrasse não teria "ficado de pé" se os bombardeiros das frotas aéreas aliadas tivessem apertado o botão detonador um centésimo de segundo mais cedo ou mais tarde. Em torno dela, tempestades de fogo, explosões e desabamentos — a Isestrasse ficou de pé, e ainda está até hoje, com escadarias revestidas de azulejos e elevadores sacolejantes, apesar da especulação imobiliária e da mania de restauração.

Pela rua preservada sob a nobre sombra dos enormes castanheiros — eis um detalhe especial —, de cinco em cinco minutos o metrô elevado estronda pelos trilhos de aço, cujos adereços art nouveau há muito tempo os antiquários da região talvez tivessem adorado furtar, se fosse possível. Sob o metrô elevado, há um estacionamento, e duas vezes por semana acontece ali a feira de pequenos produtores rurais, com pálidos frangos abatidos, pães integrais de fabricação artesanal e frutas tropicais por amadurecer.

À frente, o metrô elevado, e, atrás das construções, o canal Isebek, um braço lateral turvo e abandonado do rio Alster, onde turistas passeiam em pedalinhos.

Numa dessas construções, morava Jonathan Fabrizius, conhecido por "Joe" entre os amigos, quarenta e três anos, estatura mediana, um homem que costumava ir ao barbeiro para aparar a cabeleira loura partida no meio em vez de pagar um *hair stylist* para fazer um corte estiloso.

A melhor parte dele eram os olhos. Sem sofrer de problemas de microestrabismo ou astigmatismo, nem miopia ou hipermetropia, registrava tudo o que vinha ao seu encontro. É verdade que os lóbulos das orelhas estavam sempre um pouco sujos. Também já vomitara dentro de um cesto de papel — mas tinha os olhos claros e luminosos, e as pessoas que lidavam com ele também enxergavam isso.

"Não importa o que ele seja", diziam essas pessoas, "mas de alguma maneira... não sei...".

Jonathan já começara todo tipo de faculdade: germanística, história, psicologia e artes plásticas. Já subira vários degraus do velho moinho da vida, chegando cada vez mais alto, até alcançar as vigas empoeiradas; e pelas frestas das janelas cheias de casas de aranha o seu olhar conseguira ver além da exuberante planície, e a clareza e a verdade tomaram conta dele. E agora estava sentado aqui com a sua clareza e a sua verdade, olhando ao redor de si: O que fazer com tanto refinamento? Serviria para quê?

Ainda estava matriculado, o que de certo modo tinha a ver com o seguro-saúde, mas já abandonara os estudos. Vivia de artigos jornalísticos, recebendo regularmente pedidos de revistas e periódicos, pois os editores prezavam a verve da sua dicção e a pontualidade na entrega. Não dava para viver desses trabalhos; tampouco precisava disso, pois recebia uma quantia mensal enviada pelo tio, que era proprietário de uma movela- ria em Bad Zwischenahn, na qual se produziam sofás-camas dobráveis, baratos e dos modelos mais simples, para os quais ainda conseguiam encontrar compradores.

Jonathan vivia no quarto dos fundos do apartamento, com vista para o canal Isebek, e sua companheira, Ulla, ocupava a parte dianteira, que dava para a rua. A porta corrediça que, conforme o entendimento, juntava ou separava os dois grandes espaços, ficava obstruída, no lado de Jonathan, por um sofá de couro danificado e, no de Ulla, por uma estante de livros e um aparelho de som que, sobretudo à noite, emitia acordes familiares que Ulla muito apreciava: o *Concerto para piano em mi bemol maior* ou a *Sinfonia de Praga*, repetidas vezes, e o tinir da trompa sempre no mesmo instante. Acima do sofá estilo Biedermeier, pendiam desenhos a lápis de Du Bois em molduras douradas, e, acima da mesa do sofá, uma luminária francesa com cúpula na cor verme- lho alaranjado irradiava um brilho agradável.

Jonathan não tinha nem aparelho de som nem móveis de sala de estar embutidos em um canto. O grande sofá de couro, de cujo assento alguns pelos de crina de cavalo despontavam por um rasgo, era o móvel principal. Aqui dormia, aqui derramava iogurte e aqui lia livros populares de ciência das mais diversas áreas, a fim de não perder o foco, embora não soubesse bem: para quê. Sobre uma mesa branca de cozinha, diante do sofá, ficava a máquina de datilografar aberta, cuja tecla "e" não estava funcionando. Ao lado, jornais e livros e um pires com palitos de fósforo, tampões de ouvido usados, meias usadas. Do teto, brotando de um florão de estuque empoeirado, pendia uma lâmpada sem cúpula, ela fornecia bastante luz.

O assoalho de madeira do quarto era dotado de um carpete de *stragula*, uma imitação de linóleo. Jonathan havia querido arrancar o carpete estampado com motivos abstratos, alegando que, por baixo dele, o assoalho não respirava; um pedaço grande já fora vítima dessa crença, mas a namorada acabou constatando que o design era um interessante trabalho do início dos anos 30, obra de Wladimir Kolaschewski, portanto digno de ser preservado! Desde então o quarto, com o carpete danificado, passou a ter um aspecto bastante provisório, como se não tivessem podido pagar os operários. Roendo as unhas, Jonathan de vez em quando fitava os motivos do carpete de *stragula*. Na sua imaginação, representavam um mapa com estradas, rios e cidades, um incentivo a exercícios mentais mais extensos. Pena que a parte arrancada não estivesse mais disponível, poderia ter sido emoldurada e pendurada na parede.

Em vez disso, na parede havia um quadro de Botero, uma criança gorda em cores opacas. Jonathan o comprara nos anos 60, pagando em parcelas de cem marcos. Às vezes o marchand, de quem comprara a obra, perguntava se ele ainda precisava do quadro? Será que não quer se desfazer dele?

Sobre o assoalho grudento, ao longo das paredes, havia livros amontoados desordenadamente, material destinado a um trabalho de maior fôlego sobre o gótico báltico: uma empreitada que ele havia deixado um pouco de lado. A revista para a qual deveria redigir o trabalho apenas esboçara um interesse comedido. Era um periódico do sul da Alemanha, cujos editores não sabiam distinguir entre as cidades de Stralsund e Wismar, no norte do país. Para eles, as fotos daquelas gigantescas construções maciças tinham algo de repulsivo: Kolberg, com o seu telhado inclinado, maciço e também quebrado?

Um pequeno armário com paletós amarrotados e, logo ao lado, um local improvisado para o asseio. Separando esse local e o quarto, havia uma cortina de plástico corrediça acoplada a um cano fino. Quando lavava as mãos na pia encardida, Jonathan podia desfrutar da vista pela janela, e o olhar então se debruçava sobre um salgueiro cujos galhos pendiam para dentro da turva água do canal Isebek. Sob a árvore não se viam cisnes, mas pelo menos havia patos.

Os demais cômodos do apartamento pertenciam a uma generala. Vinha do leste, raras vezes saía das escuras catacumbas onde vivia entregue às lembranças de uma época que havia muito tempo já se fora. Por vezes podia-se ouvir sua tosse cheia de muco, do qual se livrava escarrando na pia.

O nome completo da companheira de Jonathan era Ulla Bakkre de Vaera. Apesar dos cabelos escuros, era da Suécia e gostava de usar uma saia longa de malha tricotada com listras diagonais multicolores, combinando-a com uma surrada jaqueta masculina de lã penteada, em cujo bolsinho guardava um relógio de bolso de prata. Ulla tinha um belo rosto redondo que ainda não fora marcado pelos anos, amável à primeira vista e firme à segunda. O grande desgosto dela era o dente incisivo central esquerdo, cujo nervo fora extraído anos antes, e que agora estava escurecendo e impingindo uma mácula às feições de menina. Pela manhã examinava essa mácula no espelho. Em seguida ficava triste por alguns instantes. Extrair? Ou pôr uma coroa por cima?, essa era a questão que já vinha se arrastando ano após ano... Ulla Bakkre de Vaera possuía um anel sofisticado, camafeu desgastado sobre uma pedra de cor caramelo; ganhara-o do pai. O anel teria origem no século II a.C., como vinha sendo afirmado havia gerações, e seria herança de uma linha colateral da família. Era justamente a esse anel que ela devia o bico de meio período no Museu Municipal de Arte. Afinal de contas, estudava história da arte e financiava ela própria a faculdade. Embora o diretor do museu já tivesse recebido uma carta enviada pelo pai tencionando ajudar a filha, o dr. Kranstöver já estava prestes a não a admitir, vendo a maneira como ela estava sentada ali no escritório dele — um tanto bonita demais? —, mas então o olhar dele caiu sobre aquele anel, e isso foi o fator decisivo. Ulla ganhou a vaga. Estava autorizada, portanto, a acompanhar visitantes estrangeiros, redigir catálogos e, nas aberturas de exposições, ficar num canto bem discreta e acenar com a cabeça em sinal de aprovação para o diretor. Um belo dia ele sairia com ela para jantar, isso era certo.

Também fora autorizada a ajudar na criação dentro do museu de um espaço destinado às crianças, onde havia objetos táteis, tapetes de plástico maleável e um escorregador do tipo que antigamente se via em sapatarias. Ali adolescentes podiam pintar as paredes com giz colorido, gerando obras de arte que infelizmente não podiam ser integradas ao acervo do museu, porque, na manhã seguinte, faxineiras as eliminavam sacudindo a cabeça em sinal de desagrado.

No momento Ulla estava preparando uma exposição sobre a crueldade nas artes plásticas. Por esse motivo, nas prateleiras da sua estante havia livros com ilustrações de todas as torturas possíveis da Inquisição, da Guerra dos Trinta Anos, e claro que Goya também se fazia presente com esboços espanhóis. Ali ela também abrigava o inventário técnico em ordem alfabética, começando com A de abacinar e terminando com Z de zarabatana. Uma coleção de crueldades que não ignorava nenhum aspecto da infernalidade humana. Não apenas pinturas medievais, mas também os jornais diários forneciam materiais que despertavam interesse: policiais de armadura moderna, vítimas do terrorismo banhadas de sangue e negros na África do Sul torturados com pneus em chamas em volta do pescoço. Era necessário dar destaque aos negros, pois já era aguardado que se tomasse essa especialidade de linchamento como objeto artístico.

Todas essas terríveis imagens, que não eram afastadas para o lado nem mesmo quando Jonathan entrava no quarto, não causavam a mínima impressão em Ulla; conforme aprendera na faculdade, preferia observar o aspecto formal contido nelas, por exemplo, o uso das diagonais servindo para ligar martírios extremos e coisas sagradas, ou ainda a forma, dificilmente comprovável, de o artista recorrer à luz e à sombra para transmitir uma mensagem adicional ao observador. A exposição desses testemunhos não deveria incitar a vilania humana, mas despertar repulsa e, além disso, a enérgica disposição para que nunca mais se voltassem a admitir tais acontecimentos no mundo. O mal existe para despertar o bem: eis aí um motivo para que o catálogo da exposição pusesse em destaque o conhecido dizer de Mefistófeles:[1]

*Sou uma parte da Energia*
*Que sempre o Mal pretende e que o Bem sempre cria.*

---

1. Referência a um trecho do *Fausto* (Primeira Parte), de Goethe, aqui citado na tradução de Jenny Klabin Segall. (N. T.)

## 2

Numa fria manhã, em agosto de 1988, Jonathan subiu a escada aos saltos passando célere em frente à faxineira. No mercado comprara um saco de pãezinhos e um buquê de flores. Enquanto subia, sempre saltando três degraus de cada vez, o dedo indicador esquerdo ia passeando sobre os azulejos da escadaria ornados com motivos de nenúfares. Na mão direita segurava as flores e o saco com os pãezinhos. As flores eram para a namorada, que hoje completava vinte e nove anos. Agora já fazia três anos que ela aguentava ficar ao lado dele (como a moça costumava dizer), embora fosse ele quem tivesse algo para aguentar.

Ulla continuava na cama. Sabia que já eram quase dez horas, assim como também percebera que Jonathan pegaria os pães. Ainda estava deitada porque nesse dia o direito era todo dela. Pensava numa casa de bonecas, com biblioteca e salão para fumantes, que vira numa loja situada no Lehmweg; era possível destruí-la com um simples aperto de botão: concebida como terapia para crianças que precisavam extravasar ímpetos destruidores. Desde sempre Ulla se interessava por brinquedos: bonecos com cartuchos de fumaça na parte traseira, bichos de dar corda que rangiam os dentes. Também era interessante saber que vendiam pequenas guilhotinas para festejar a Revolução Francesa. Era só procurar! Adquirir uma coisa dessas e oferecê-la ao diretor do museu como "objeto" para uma ambientação.

Agora Jonathan fazia barulho na cozinha, mas logo em seguida penetrou na atmosfera abafada de sonolência em que a namorada se encontrava. Puxou a cortina para o lado e sentou-se na ponta da cama. Era a hora de dar os parabéns. Jonathan disfarçava o constrangimento da pequena cerimônia com a maneira desajeitada que assimilara ao longo do tempo, acariciando Ulla com a mão direita — a gente fecha os olhos dos mortos assim — enquanto arrumava o café da manhã com a mão esquerda e ajeitava os ovos cozidos nos porta-ovos. Para acender a vela e arrumar o pequeno buquê de flores, precisou se erguer, pondo fim à pequena festa.

Serviu o café e deixou cair os pãezinhos na cesta. Depois tirou o presente de aniversário da bolsa, uma minúscula gravura de Callot na qual se via uma pessoa sendo serrada. Entregou aquela folhinha do tamanho de um selo a Ulla, fitando-a com um olhar incisivo para ver o que ela diria por ele lhe dar um presente tão bonito. E acertara no alvo! Ulla devorou aquela cena de serração com os olhos — "fofa!" — e acomodou a gravura apoiada na haste do castiçal para não a perder de vista um minuto sequer. E em seguida puxou o namorado para junto de si, dando-lhe beijos como ardentes moedinhas, enquanto segurava a cabeça do rapaz com as duas mãos.

Quando conseguiu recuperar a liberdade, ele tirou do bolso do casaco a correspondência e a separou: cinco cartas eram para a aniversariante e duas para ele. Ela se sentou, passou mel num pãozinho e leu as cartas cujo conteúdo podemos bem imaginar.

Jonathan também se ocupou em abrir as suas duas cartas com o dedo indicador. Uma tinha como remetente a fábrica de automóveis Santubara situada em Mutzbach, decerto alguma propaganda, e a outra era do tio Edwin, de Bad Zwischenahn. Continha um cheque no valor de duzentos marcos e a sugestão de que nesse dia gastassem o dinheiro com algo que valesse a pena.

"Comprem algo para vocês", escreveu o tio, "desfrutem a boa vida".

Um emaranhado de sentimentos impediu Jonathan de mostrar o cheque à namorada, que estava bastante ocupada com as próprias cartas. Deixou-o no envelope, que se apressou a enfiar no bolso.

Enquanto a família de Ulla era bem-estruturada, com acesso a crédito imobiliário e fotos dos ancestrais em molduras douradas, Jonathan nascera em 1945 na Prússia Oriental, mais precisamente dentro de uma carroça de refugiados, sob um vento glacial e uma chuva gelada e cortante. Durante o parto, a jovem mãe "foi desta para melhor", como Jonathan dizia.

"Não conheci os meus pais", costumava dizer, imperturbável. "Meu pai perdeu a vida na restinga do Vístula, e minha mãe foi desta para melhor quando nasci, na Prússia Oriental, em 1945", uma história que lhe garantia uma insuperável vantagem de sofrimentos perante os amigos.

Era o tio quem conduzia a carroça equipada com uma capota de lona quando, naquele dia do gélido fevereiro, ocorreu a desgraça, a carroça dentro da qual, no meio de um monte de palha, a grávida se contorcia. Em vão ele saíra batendo à porta das casas dos camponeses quando ela começou a ter as contrações, e foi assim que ela acabou morrendo.

O corpo da falecida fora acomodado no vestíbulo da igreja de uma aldeia, ao lado da caixa que continha os números de madeira dos hinários, com pressa e sem formalidades, e logo deram prosseguimento à viagem. Por acaso apareceu uma camponesa robusta que acabara de perder um filho e, em troca de um lugar na carroça, deu de mamar a Jonathan. Esta cena também passava na imaginação de Jonathan: a mulher pesada sentada na carroça, e ele agarrado ao grande peito dela, e essa imagem de certa forma coincidia com a realidade.

"Foi a mãe-terra quem me amamentou", pensava às vezes e em seguida se espreguiçava e sentia correr nova força nas veias.

Pois bem, hoje o tio Edwin enviou duzentos marcos — o novo sofá-cama da marca Avanti encabeçava a lista de preferências.

"Comprem algo que valha a pena"? Não seria difícil.

Nesse ínterim Ulla também já lera sua correspondência: a mãe mandona, o pai molenga, o irmão-psicólogo em Berlim e Evchen, a afilhada, cuja cartinha de parabéns — "tudo bem com você, eu estou bem" — fora escrita de maneira desajeitada e enfeitada com figurinhas de joaninhas.

Levantou-se da cama e foi até a estante onde deixara o presente que ela própria comprara para si, um vaso dos anos 50, dinamarquês, que agora era motivo de alegria para ambos. Ergueu-o na direção da luz, girou-o diversas vezes e, cheia de jactância, o tachou de "horrível", e depois, quando estava farta, pousou-o no peitoril da janela, onde já havia outras horribi-lidades que haviam sido compradas a preço de banana, mas que agora representavam um determinado valor, contanto que ainda permanecessem ali mais alguns anos.

Jonathan ganhou mais abraços e ouviu a explicação de que a pequena gravura de Callot era "o presente exato", em seguida foi dispensado. Seguiu, portanto, para o outro quarto, coisa que fez de bom grado, pois agora a aniversariante estava come-çando a telefonar, e ele não tinha nenhum interesse naqueles diálogos pela metade.

Jonathan se sentou no sofá. Soprou uns flocos de poeira da mesa e "fixou bem o olhar", a janela clara à frente e, na parede branca e xexelenta, a criança gorda.

Bocejou, e o olhar passeou pela fantástica geografia de *stragula* do assoalho, e então viu o istmo de Corinto, aquele arrepiante istmo através do rochedo, viu também um pequeno navio e as paredes íngremes à esquerda e à direita.

A água corre, pensou, e o navio deslizava canal abaixo como que acelerado pela força de uma ressaca.

Recompôs-se e leu a carta da fábrica Santubara, e acabou ficando claro que não se tratava, absolutamente, de uma pro-paganda, mas sim de uma oferta a ser levada a sério.

Há algum tempo vimos apreciando a sua escrita incorrup-tível, escreveu um certo sr. Wendland, representante do setor de relações públicas da empresa, e será que Jonathan não teria vontade e pachorra de fazer uma viagem à Prússia Oriental? À Masúria, para ser mais claro, ou seja, à atual Polônia? O negócio era o seguinte: a fábrica Santubara queria fazer uma viagem-teste com jornalistas especializados em automotores para estes finalmente poderem se convencer da qualidade excepcional do mais novo motor de oito cilindros da empresa. Uma viagem desse porte precisaria, é claro, ser bem-organizada, será que ele não poderia ajudar nisso? Ele poderia acompanhar a viagem-teste preparatória, além de dar dicas sobre aspectos culturais, se haveria alguma atração turística pela região, talvez palacetes de fazendeiros, igrejas ou castelos, cuja existência e história pudessem abrilhantar uma viagem desse tipo, de alguma forma que fosse. E depois escrever um texto empático com, digamos, doze páginas datilografadas — "Masúria hoje" —, que serviria para convencer os jornalistas de que poderia ser interessante conhecer mais de perto essa região entregue às baratas e, ao mesmo tempo, testar os novos motores de oito cilindros. Ele teria total liberdade de ação em tudo, e a firma podia lhe oferecer cinco mil marcos, além de diárias. A viagem e a hospedagem, claro, por conta da empresa, cinco mil, portanto, acrescidos de iva, mas o valor ainda estava sujeito a negociação.

Masúria? Polônia? — A primeira reação de Jonathan foi não! Se fosse uma viagem pela Espanha ou pela Suécia. Mas Polônia? Não.

Ou será que sim? Cinco mil marcos? E o valor ainda estava sujeito a negociação?

Jonathan pegou o atlas Iro de 1961, que continuava usando, pois era o que ele tinha, abrindo-o no mapa "Regiões alemãs do leste sob administração estrangeira". Uma área bem grande essa Prússia Oriental... Que estranha e antinatural aquela linha feita com a régua atravessando todo o território. Conhecia-se aquilo, no máximo, da África Colonial ou da Antártida! mas no meio da Europa? Jonathan teve de pensar nas incisões de dissecação na patologia, cortes com bisturi no ventre puro e branco de uma mulher.

A restinga do Vístula, onde o pai perdera a vida, e o istmo da Curlândia... Lembrou-se de antigas imagens que vira em livros de geografia: dunas migrantes, alces. Um pescador sentado sobre o bote emborcado consertando uma rede de pesca. Extração de âmbar.

*Mas a peste veio durante a noite chegando*
*Com os alces através da laguna nadando*[2]

Jonathan buscou a localidade de Rosenau, o dedo deslizando pela estrada: tinha acontecido aqui: era aqui onde ele tinha vindo ao mundo, causando a morte da mãe. Aqui, na igreja dessa aldeia, ela havia sido colocada e em seguida enterrada no cemitério contíguo, talvez junto ao muro, talvez sob um pé de chuva-de--ouro, a jovem mulher. Ainda havia uma única foto dela, Jogos Olímpicos de 1936, a foto sobrevivera à fuga: uma jovem com o uniforme da Liga das Moças Alemãs, a boina caindo para o lado sobre a orelha. Jonathan tinha afixado a foto na parede com uma tachinha. A última foto do pai, um jovem tenente da *Wehrmacht* alemã com a boina de serviço e o uniforme da linha de frente, estava dentro de uma pasta junto com a certidão de nascimento de Jonathan e a apólice de seguro da bicicleta.

---

2. Versos extraídos da balada *Die Frau von Nidden* [As mulheres de Nidden], de Agnes Miegel (1879-1964), autora nascida na Prússia Oriental, em Königsberg, atual Kaliningrado. (N. T.)

Começariam a viagem por Danzig, estava escrito na carta da fábrica Santubara. Voo de Hamburgo a Danzig, e lá estará à espera o carro que será utilizado para fazer o percurso. E ali então ele poderá fazer anotações em paz.

Danzig?, pensou Jonathan, precisaria de Danzig para redigir o ensaio sobre o gótico báltico: "As gigantes do Norte". A igreja de Santa Maria era uma dessas gigantes que ainda faltavam na sua coletânea. Lübeck, Wismar, Stralsund, ele visitara essas cidades de colossos medievais, tudo bonito e bem conservado, mas Danzig ainda não tinha podido contemplar com os sentidos, por isso seria difícil descrevê-la num ensaio.

Se aceitasse a oferta, mataria dois coelhos com uma só cajadada e daria início ao conhecido processo de aprimoramento: ganhar dinheiro e ao mesmo tempo adquirir conhecimentos que mais tarde também poderão ser transformados em dinheiro.

Jonathan lavou as mãos como um cirurgião. Enquanto isso, olhava pela janela. Mais além, do outro lado do canal Isebek, via-se o burburinho de um grupo de alunos reunidos por uma professora através do medo: "Não vão cair dentro do canal!"; e no céu se via um enorme avião, preparando-se para aterrissar no aeroporto internacional Fuhlsbüttel.

"Estou aqui em Hamburgo e tenho os meus rendimentos", pensou Jonathan. "O que é que tenho a ver com a Prússia Oriental?" E surgiu-lhe diante dos olhos aquela grande imagem do tio Edwin entrando na igreja com a mulher morta nos braços — levá-la para onde? — e colocando-a sobre os degraus. As pregas do vestido branco manchadas de sangue.

# 3

Às três horas, Ulla foi buscar o namorado para passear: "Você está precisando dar uma arejada aqui...", disse, caminhando atrás de Jonathan, e revirou os papéis sobre a mesa dele: que besteira era aquela que ele precisava anotar ali. Útero? A nave da igreja parece um útero? Pois bem, aquilo não passava de um grande disparate... Ela usava uma calça estilo harém e um colete masculino aberto sobre a blusa.

Só está faltando um turbante, pensou Jonathan ao vê-la vestida daquele jeito. Quanto a ele, vestia uma camisa de flanela amarrotada, por cima um paletó com estampas de Tula acompanhado de uma gravata-borboleta preta. Havia pensado algum tempo seriamente em incluir o chapéu de palha, sobre o qual os amigos diziam: "Olha, fica bem em você!".

Às margens do rio Elba ainda não havia muita animação nesse horário. Adolescentes davam voltas de bicicleta de um lado para o outro, eram jovens que compunham a cena, e crianças cujas mães não haviam sido colocadas numa igreja na condição de cadáver. Um senhorzinho brincava com o seu cão à beira d'água. Fazia o desavisado animal pegar de volta, sem nenhuma noção do perigo, o bastãozinho lançado naquela sopa de cádmio. Alguns bêbados estavam sentados no banco cantando uma canção típica do exército hitlerista:

*Ó belas montanhas da Westerwald no frio*
*Por sobre as copas se ouve do vento o assobio*
*Mas até o menor raio de sol em ação*
*Penetra bem fundo no nosso coração*

Também havia uma mulher entre os bêbados, tinha a aparência dos povos originários australianos. Segurava uma lata de ração canina da marca Chappi; com dois dedos havia puxado um pedaço de carne e agora dava a impressão de querer enfiá-lo na boca.

De longe se ouviam o apito das sirenes da polícia e as palavras de ordem entoadas numa manifestação democrática que lembravam o barulho de torcedores de futebol. — Cidade grande! — Tudo tem a sua ordem: o ato de fazer passeatas, o ato de prestar atenção e o ato de assistir. O ato de quebrar vitrines também tem a sua tradição.

Os dois foram caminhando pela praia de Övelgönne, passando em frente às chamadas casas dos capitães, que marinheiros aposentados haviam construído com suas economias na virada do século porque não conseguiam se separar do mar. Agora as casinhas eram realocadas por corretores de imóveis, pois nesse meio-tempo já valiam milhões, os pequenos barracos com um jardinzinho na frente, garagem náutica, pérgula e mastro para bandeiras. Nas janelas havia gatos de porcelana inglesa, barquinhos em garrafas e enormes conchas compradas no mercado dos peixes. Alguns moradores, ao que parecia, desejavam se explicar aos transeuntes: "Usina nuclear — não!" estava escrito num pedaço de cartolina encostado num anão de jardim. O cheiro de comida dominava toda a atmosfera: filé de peixe e sopa de chucrute.

Navios não se viam no Elba, já haviam partido durante a noite. Ninguém mais consegue pagar para ficar ancorado no porto durante o fim de semana.

Navios também têm algo de maternal em si, pensava Jonathan, essa história de carregar e descarregar... e imaginou-se dentro de uma caixa, sobre uma caminha de feno, e um guindaste depois o desceria até o porão de carga. Achou agradável essa ideia.

Não se pode dizer que os dois tenham tido propriamente uma boa conversa. A necessidade de ser simpático nesse dia acabava levando a constrangimentos mútuos: "Naquele dia você afirmou que...", essa foi uma frase ouvida, ou ainda: "Será que dá para falar de outra coisa? Ainda não sacou que isso me dá nos nervos?".

Além disso, o hábito de Ulla de andar no mesmo passo de Jonathan, mas sempre meio metro à frente, causava desconforto. E excrementos de cachorro por toda parte, que fazem a pessoa se admirar por não pisar em cima, mas às vezes acaba mesmo pisando.

Jonathan refletia se deveria contar à namorada sobre o convite para ir à Prússia Oriental. Já estava com isso na ponta da língua... Melhor não, pensou, melhor esperar — com certeza mais uma vez ela sentiria inveja ao ficar sabendo. Correr para falar com ela, todo radiante, a carta na mão — era assim que imaginava a vida em comum com a namorada. Entre eles isso não acontecia. Uma pena! Ulla Bakkre de Vaera sempre logo mostrava o seu lado feio.

Ulla também tinha algo que mexia com ela: recebera um grande buquê, um pouco grande demais por ter sido encomendado pelo chefe. Ela também deveria ter logo procurado o amado para dizer: "Imagine, o velho me enviou flores!". Mas não o fizera, e agora já era mesmo um pouco tarde demais para tanto.

Justamente quando estavam travando uma batalha retórica, viram numa das casinhas uma placa: GALERIA ELBA. Um artista, portanto, se instalara aqui, era preciso fazer uma visita.

Os dois tocaram a campainha, e a esposa do artista abriu, ela tinha manchas roxas e arranhões no rosto, que provavelmente lhe haviam sido impingidos pelo marido frustrado com os próprios fracassos. Devido às privações a que estava exposta no casamento, a pobre mulher decidira ser simpática.

Jonathan pagou dois marcos à mulher, que quase se curvou em reverência, e eles então entraram, com olhar perscrutador, na casa baixa e contemplaram as pinturas naturalistas penduradas na sala: árvores aterradoras ameaçadas por trepadeiras. Para obter uma maior variação, o artista as dispusera umas à direita, outras à esquerda, dotando-as também de feições humanas, talvez devido à necessidade de emprestar um significado aos seus estudos naturalistas — eram mesmo horríveis.

Provavelmente o pintor já ouvira muitas coisas ruins sobre os quadros; ao fundo, arrastando os pés, mal-humorado, ele apareceu vindo da cozinha, onde havia uma terrina de sopa sobre a mesa: mal-humorado, sim, e de certa forma até desconfiado.

Ele teria preferido, numa grande encenação, demolir tudo com um machado, mas isso ainda poderia ser feito.

Os dois visitantes primeiro se aproximaram devagar dos quadros bem pintados e bem emoldurados com representações de troncos de árvores, depois foram passando cada vez mais rápido pela exposição — dois mil e quinhentos marcos são mesmo um montão de dinheiro — e somente de maneira distraída ouviam as explicações do homem, que, com os quadros de árvores, pretendera criar uma variante daquele ditado "Nunca maltrate um animal por brincadeira...": as árvores também são seres vivos com alma e nervos que sentem dor quando, por exemplo, esculpem um coração na sua casca, seres vivos até com — e por que não — uma alma, e nós simplesmente as arrancamos do chão! Árvores podem chorar!

Ulla era um pouco mais paciente que o namorado. Escutava o homem com boa vontade, talvez também por ele permitir vidro sobre os quadros, e assim ela conseguia se contemplar neles. Abriu a boca e viu a sua mácula, o dente morto.

Nesse meio-tempo, Jonathan descobriu, numa sala contígua chamada de "Museu", uma coleção de despojos do mar; e, enquanto o artista contava a Ulla que na América do Sul um milhão de árvores são derrubadas por dia e perguntava à moça o que ela achava, quanto era que ele tinha de pagar de aluguel pelo barraco ali onde estava vivendo e se ela por acaso sabia quanto custava um tubo de azul cobalto?, Jonathan, no museu de despojos do mar, via cacos de louça, asas de xícaras corroídas pela força da água, pedaços de madeira desgastados, um sapato velho: restos de vidas humanas que o excitavam a entusiasmos irrequietos e úmidos, fazendo-o chamar a namorada para lá...

Que restos de civilização a humanidade possivelmente encontrará e exporá daqui a mil anos?, indagava Jonathan, fitando com olhos brilhantes o pequeno grupo reunido. E acrescentou que também se sentia um pouco como um despojo do mar... E apelou então para o rosário de sofrimentos que o distinguia: o pai tinha perdido a vida na restinga do Vístula, e a mãe tinha ido desta para melhor durante o parto dele. Carroça, vento glacial etc.

Demonstrando interesse, o galerista ofereceu uma cadeira aos jovens. Queria saber exatamente onde tinha acontecido, pois ele também era daquela região, também tinha fugido numa carroça, com sete anos, em fevereiro de 1945. Contou que ainda conseguia se lembrar muito bem que haviam encontrado, numa propriedade rural, um galão de leite cheio de banha de porco. E que nunca mais na vida tinha comido uma banha tão boa!

Jonathan sabia que o homem agora entraria no clima e exibiria todo o charme de quem normalmente era uma múmia... Não tinha vontade de ouvir todas as coisas abomináveis que estavam por vir. Vivia farto de histórias sobre cadeias e gangues. Enquanto Ulla se sentava, a fim de poder assimilar as coisas sem ser perturbada, ele avistou sobre uma mesa uma pasta com desenhos feitos a bico de pena. Eram trabalhos de uma turma da escola, talvez o professor tivesse proposto o tema "proteção ambiental" aos alunos e depois tivesse deixado a pasta aqui, será que isso não podia ser arte, bem que poderia ser... e o dinheiro arrecadado será destinado ao Greenpeace. "Bom veneno para todos!", estava escrito na capa da pasta, e Jonathan examinou os desenhos, gostando da maneira original como as crianças abordaram o tema. "Bom veneno para todos" — que ideia!

Mas era realmente muito engraçado: caubóis tomando arsênio engarrafado e explodindo na parte inferior do corpo, vacas com a parte posterior bem inflada, dando-lhes uma aparência de elefantes monstruosos, e a parte traseira atolada numa poça de meleca verde... Engraçado e ao mesmo tempo terrível. E original! Chamou a namorada: será que ela também não ficava de queixo caído diante de tanta riqueza criativa?

"Enquanto a juventude ainda mostrar tanta imaginação, não precisamos nos preocupar com o futuro", afirmou, chamando a atenção de Ulla para o fato de esses desenhos feitos por crianças também terem algo a ver com o tema desenvolvido por ela: crueldade através de irreflexão!

O "traço" e a composição dos desenhos o entusiasmaram de tal forma que acabou comprando uma daquelas folhas, ao custo de vinte e cinco marcos. Com o dinheiro o Greenpeace finalmente poderia voltar a comprar umas esferográficas dignas.

Após estarem convictos de que naquela casa não havia mais nenhuma seção a ser visitada, talvez houvesse máquinas infernais quaisquer no porão, disseram *So long!* ao casal de artistas. Naquela hora já haviam se tornado amigos de alguma maneira, achavam eles, e o artista ainda ficou bastante tempo na soleira da porta olhando para o outro lado na direção do estaleiro, onde, poucos meses antes, ainda se podiam ver as luzes piscando e ouvir os barulhos, mas agora, infelizmente, os trabalhos no estaleiro haviam sido encerrados. Oito por cento de aumento nos salários? Tinha sido a gota d'água.

*

Os dois se sentaram no café Elbblick e comeram torta de framboesa com chantilly. A torta tinha ficado na geladeira, estava geladíssima, o chantilly aguado, o café fraco, e das caixas de som vinham os gritos de um cantor popular contando a história de um vendedor de ovos que sempre aparece para ir buscar ovos.

O dono alemão, que Jonathan convocou à mesa para reclamar, na verdade não era dono de nada, mas um empregado sobrecarregado que todas as noites tinha de prestar contas a um estrangeiro que dirigia uma Mercedes. No estabelecimento que começava a lotar, o homem não teve vontade de discutir com Jonathan sobre o tema "hospitalidade". Indo direto ao ponto, simplesmente recomendou que fosse a outro café se não estivesse gostando dali.

"Aqui vêm muitos clientes que apreciam o que servimos."

Ulla saiu em defesa do empregado. Será que Jonathan realmente tinha ideia de como era difícil o trabalho de um garçom? Passar o dia todo em pé e o tempo todo tendo de receber reclamações?

Jonathan retrucou que provavelmente seria muito mais difícil trabalhar com um conversor Thomas numa siderúrgica do que num estabelecimento turístico, onde o sol brilha e os pássaros chilreiam. Se tivesse de escolher entre servir refrigerantes a garotinhas num local muito frequentado e submeter-se durante oito horas diárias a um calor de setenta graus, preferiria ficar andando de um lado para o outro segurando uma bandeja.

Enquanto Jonathan e Ulla continuavam a discutir, a alameda já ganhara muita vida com a presença de pessoas de todas as idades que faziam questão de ser consideradas respeitáveis. Essas pessoas saíam caminhando de Övelgönne até Blankenese ou no sentido contrário, escapando dos bandos de operários autônomos e comerciários motorizados. No meio dessa gente também havia manifestantes, às três e meia da tarde haviam terminado as passeatas, e debaixo do braço levavam os cartazes reutilizáveis dobrados, pessoas honradas que se preocupavam com a poluição da atmosfera; elas também queriam desfrutar a natureza aqui, às margens do Elba, mesmo que os pintores não precisassem mais do azul cobalto se quisessem pintar a água do Elba. Lá do outro lado, aliás, o estaleiro fechado? Não havia nada de novo! Ali poderia virar um centro cultural com um palco para pequenas apresentações teatrais e humorísticas, cursos focados em práticas autorreflexivas e oficinas de lazer. E nas noites de verão haveria então shows com bandas de rock, que certamente atrairiam milhares de interessados. Vamos apostar como tudo será demolido? Como se a Alemanha ainda não tivesse visto bastantes destroços...

"Olhe aquele ali!", disse Jonathan, apontando para um homem com roupa de manifestante, cujo filho, trepado nas costas dele, usava uma boina vermelha dos *communards*. "O que esse aí vai ter de lembranças precoces da infância para resolver com o psiquiatra daqui a cinquenta anos!"

Ulla também descobria coisas curiosas. O nome que davam a isso era "fazer estudos", e, durante a prática, no interior de cada um deles as coisas acabavam se reaproximando; a novidade da Masúria, o cheque e o buquê davam algum rápido sinal de vida, mas por fim ainda podiam ser deixados para outra hora.

No imperturbável Elba, um passatempo dos finais de semana eram as corridas de carros anfíbios, com representantes das mais diversas marcas! Nas partes dianteira e traseira, viam-se os flocos de espuma saponácea. A diversidade desses veículos era enorme. Os motoristas acenavam uns para os outros: provavelmente, aqui em Hamburgo, nunca navegaram tantos carros anfíbios no Elba de um lado para o outro, até holandeses se faziam presentes com a sua bela bandeira nacional, e dinamarqueses com a *Dannebrog*. Os repórteres televisivos também marcaram presença, iam bem na frente em duas velozes barcaças, e estas produziam uma névoa azulada: Quem sabe a gente tem a sorte de assistir a um acidente com — tomara — muitos mortos.

O motivo dessa agitada manifestação esportiva, que deixava todo mundo bastante animado, era um grande navio de guerra de cor cinza que se deslocava lentamente rio acima. Ao longe se ouvia música militar, que ressoava estridente através dos alto-falantes de uma área de boas-vindas, e assim se saudava essa magnífica obra da tecnologia. Tratava-se de um navio de guerra pacífico, que, com base na amizade entre os povos, queria atracar na cidade hanseática de Hamburgo, criminosamente destruída pelos anglo--americanos e, claro, minuciosamente reconstruída pelos nossos economistas idiotas. Os canhões postados na parte posterior e na anterior do navio apontavam para o alto, e os grandes radares esféricos, em conjunto com os tubos finos, resultavam num con-traste formal que sequer poderia ser chamado de bonito, porque o espírito que estava por trás da tecnologia era do tipo diabólico, mas cuja qualidade estética sem dúvida era assimilada por Ulla e Jonathan.

"Esse navio está atolado de aparato eletrônico até o pes-coço", opinou Jonathan. E Ulla se perguntou se talvez mulheres de vida fácil se punham à disposição dos marinheiros, e logo pensou nas calças de marujos as quais têm uma pala na parte da frente.

Naquele instante, os marinheiros se perfilaram no convés todos de branco, bandeiras foram hasteadas e, de forma peculiar, comandos foram dados através de apitos especiais. Os homens e mulheres do grupo de bêbados ergueram as garrafas, e os desportistas perfilaram-se nos carros anfíbios. Haviam alcançado o monstro cinzento, fizeram um giro elegante e escoltaram o mensageiro da paz, daquela maneira que eles conheciam por fotos quando antigamente, antes da guerra, o *Queen Elizabeth* entrava no porto de Nova York. No meio deles, havia um carro anfíbio da marca Volkswagen que já navegara pelos rios russos Dnjepr e Don. Cada uma das peças já havia sido trocada, mas, como um todo, ainda era original.

Escute!, não estavam tocando os sinos de uma igreja? Será que a igreja também tinha entrado nessa festa da paz? Os pastores progressistas hanseáticos que já tinham encarado alguns canhões d'água na vida? Com cruz e batina? Mas não, não eram sinos tocando especialmente pela paz, talvez tivesse a ver com algum ato oficial da Igreja.

Talvez um casamento, pensou Jonathan, e imaginou uma cena em que embriões abortados seriam levados até o casal, em pequenos caixões de vidro, sobre um leito de algodão e enfeitados com flores de plástico — para a glória da humanidade, que está se livrando da superpopulação da terra de uma forma impecável na perspectiva médica.

Enfiou o desenho infantil "Bom veneno para todos" num cesto plástico para papéis usados, no qual se lia em sete línguas: Mantenha o meio ambiente limpo! Não estava disposto a continuar o passeio carregando aquele rolo de papel como se fosse um bastão de marechal.

Sem dúvida foi uma cena festiva quando o suave e enorme navio passou deslizando; essa foi a sensação de todas as pessoas reunidas na alameda e de todos aqueles sentados lá em cima, na elegante avenida Elbchaussee, postados a janelas panorâmicas em mansões ou cafés. Mas os peixes, dentro d'água, respirando com dificuldade, lutavam contra metástases.

Agora, uma espécie de frota pirata vinha velozmente da margem oposta, composta de pequenos e ágeis botes infláveis munidos de motores de popa. Pessoas vestindo roupa de cor laranja, sentadas nos botes, haviam se preparado para tudo, empunhavam bandeiras de pirata que de vez em quando agitavam pra lá e pra cá: Enquanto vivermos, não vamos tolerar nenhum navio de guerra! Nem estes nem aqueles! Aconteceu uma batalha naval entre os ocupantes dos barcos infláveis e os dos carros anfíbios, parecia a tradicional competição entre barcos de pescadores que acontece no Lago de Constança. Ao longo da batalha, os desportistas dos veículos anfíbios saíram perdendo, era visível. A polícia marítima se aproximou para limpar a área — e a bagunça em círculos e em meio a buzinas foi se dispersando lentamente em direção ao porto, até que nada mais sobrou para os espectadores. Somente o pessoal da TV continuou a ter as suas expectativas atendidas; as imagens poderiam ser vistas de casa. E lá seria possível saber o que pensar sobre o evento.

# 4

À noite, foram ao restaurante turco, Ali Baba era o nome do estabelecimento, e lá comeram kebab, portanto, carne assada de carneiros torturados até a morte, que pode ter um sabor bem diferenciado, às vezes mole, às vezes crocante, acompanhada de queijo de ovelha no azeite de oliva coberto de anéis de cebola, e um detalhe importante: nada foi caro. O máximo de desempenho vinha acompanhado de um mínimo de custo, e tudo com o mais simpático atendimento.

Na qualidade de velhos conhecidos do Ali Baba, foram cumprimentados efusivamente e conduzidos a um canto reservado para eles, separado por grandes vasos de latão polido, onde Albert Schindeloe, amigo dos dois, já os esperava. Schindeloe, um solteirão de certa idade metido num pulôver de gola vermelho-ferrugem, com uma boina basca na cabeça, era antiquário. Anos antes havia vendido o Botero a Jonathan. Ao ver os dois, Albert Schindeloe rapidamente se pôs de pé e beijou a mão que Ulla tratava com produtos Ellen Betrix.

A vela da mesa foi acesa com o isqueiro, e o garçom turco, um estudante natural de Ancara, fez muita cerimônia em torno de Ulla. Albert Schindeloe deixou tudo bem claro para o rapaz: Hoje essa pessoa está festejando o seu dia maior, ela tem direito a um atendimento especial. O turco até tentou beijá-la, talvez fosse costume do país, mas, em todo caso, Ulla não se atreveu a virar a cabeça para o lado, como fazia com as investidas de Jonathan quando vinham num momento inoportuno.

Jonathan não recebeu mais nenhuma atenção de Albert; era o estilo dessa amizade a três, mas o turco apertou a mão de Jonathan, informando que tinha um paletó exatamente com aquela mesma estampa quadriculada pendurado no guarda-roupa de casa.

Ulla estava com uma aparência encantadora nessa noite. Homens sentados às mesas ao lado viravam-se para olhar, perguntando-se que rapaz sortudo era o Jonathan que saía para todos os lados com uma mulher assim. Um rosto redondo e delicado à luz das velas, uma intelectualidade admirada: O que era mesmo que ela estava fazendo aqui? E mais: Esse potinho prateado com flores cinzeladas que Albert pusera ali era para ela? Mas para quê isso? Não precisava se preocupar! Ficou feliz com o presente — "Biedermeier, não é?" —, pois a mãe dela tinha um potinho bem parecido, era para guardar os dentinhos de leite que os filhos iam perdendo. Na próxima visita, vamos ver se a gente ainda acha o potinho.

Jonathan aceitava as demonstrações das pessoas presentes sem problemas. De fato, causavam uma certa impressão nesse ambiente: ele, que já tinha visto Chagall em Paris, e Ulla, com um nome espetacular — mas ao mesmo tempo Jonathan precisava pensar no alfinete de segurança que a namorada usara para esconder o buraco na blusa, por baixo da jaquetinha. E pregara esparadrapo nos sapatos, senão teria de andar se arrastando...

A fome suscitada nos três logo foi aplacada com uma sopa de tomate com queijo ralado: o restaurante não só tinha preços módicos, os pratos também não demoravam a sair. Todavia, o queijo acabava criando uns fios de um metro de comprimento. Se a coisa apertar, é só subir na cadeira, alguém disse em tom de piada.

Uma atmosfera aconchegante se espalhou, recebendo ainda o reforço da atmosfera aconchegante vinda da mesa ao lado, bem como da música do Ali Baba, que saía discretamente das quatro caixas de som, uma em cada canto da sala. Não era necessário irritar-se com elas, já que não era possível avaliar a qualidade. Mais desagradáveis eram os quadros nas paredes, pendurados entre *masbahas*: galinhas amarradas, três homens trotando em cima de um burrico e um outro segurando uma cabra pelas patas traseiras, puxando-a como se ela fosse um carrinho de mão. Fotos dos armênios expulsos para o deserto, onde deveriam morrer inanes, com as esposas e os filhos, não se viam na parede.

Albert Schindeloe era o acompanhante indispensável dos dois. O passado obscuro e a misteriosa situação financeira tornavam-no interessante. Podre de rico ou à beira da bancarrota? Membro da SS ou comunista? Natural da Turíngia ou da região do Reno? Era provável que todas as alternativas fossem ao mesmo tempo verdadeiras. Sabia-se que ele certa vez adulterara um cheque, o que lhe proporcionara uma, por assim dizer, viagem de estudos de um ano e meio. O atual governo o odiava.

É claro que ele amava Ulla, mas também amava Jonathan, pois era um pouco "homo", algo que, diante de Jonathan, expressava com aspereza; "sr. Schmidt": era assim que chamava

Jonathan, pois que outro significado tem o nome latino Fabricius além de Schmidt em alemão?

Quanto ao primeiro nome de Schindeloe, Ulla e Jonathan o pronunciavam bem afrancesado, o que também devia ser entendido como sarcasmo: "Albérr", diziam, e com certo direito, pois Albert costumava morar em Paris de novembro a março, onde vendia aos franceses as coisas que não conseguira vender na Alemanha.

Albert sofria ao ouvir pessoas idiotas pronunciando o seu nome como se fosse "Schindelô". Aquela tolice sem graça da sílaba final, que já o acompanhava desde o início da vida, mexia com ele. O sobrenome "Schindeloe" fazia-o lembrar bem mais de "aloe vera", incenso e mirra, e talvez esse também fosse o motivo pelo qual usava um anel egípcio, uma peça incrível de ouro cor de cobre, que levava o nome de "lápide" e da qual Ulla adoraria saber se era genuína, tão genuína e antiga quanto o anel que adorava girar com o polegar quando se sentia acuada. Será que poderia experimentar a lápide, fazia anos que ela pedira, e o pedido fora negado. A explicação havia sido que a magia iria então para as cucuias. Assim era melhor dar logo de presente!

O sobrenome "Schindeloe" dava muito pano para manga sempre que os três se viam. Quantos sub-humanos já o haviam pronunciado de maneira errada, era um dos comentários, embora seja uma coisa simples demais! Schin-de-loe, o que havia de difícil aí para errar? Schindeloe de Itzehoe. Um sobrenome, diga-se de passagem, muito cheio de personalidade, proveniente do baixo-saxão. "Schindeloe" soava como caça às bruxas, o som também lembrava uma combinação das palavras alemãs

"Schinderkarre", carroça dos condenados, e "Feuerlohe", chamas alastradas e altas. Combinava muito bem com Albert ter os cabelos ruivos; cobria as melenas restantes com a boina gordurenta, na qual sempre havia pelos de gato grudados.

Na conversa sobre nomes, Ulla tinha também algo a dizer, pois o seu próprio sobrenome rendia alguma discussão: "Bakkre de Vaera", que poderia corresponder em alemão a "Hinter dem Wehr", Ulla Hinterdemwehr, da mesma maneira como existem os sobrenomes Babendererde ou Auf ter Heid. Só que a palavra "Wehr" não é, nesse caso, aquela de gênero neutro, com o significado de "represa", mas sim o vocábulo feminino, no sentido de "exército". Assim teríamos "Ulla Hinter*der*wehr", ou seja, "Ulla atrás do Exército"; dava para imaginá-la com capacete medieval e espada, dando-lhe um certo ar, portanto, de amazona! Aliás, Ulla era uma alemã da gema, a ascendência sueca remontava a gerações anteriores.

Disseram tim-tim! e mais um tim-tim! e beberam, estalando a língua, aquela coisa que fedia a máquina de lavar-louça e fora exposta a algum agrotóxico, e a música turca emprestava a atmosfera certa: o restaurante era um oásis, a gente até se conformava em ver que sequer era preciso ir a Istambul...

Foi nesse instante que aconteceu: lá de fora, uma pedra veio voando, espatifou a vidraça de uma janela e amassou um samovar bem polido usado na decoração. Os clientes se ergueram rápido das cadeiras, correram para fora a fim de agarrar os meliantes, o cozinheiro até brandiu uma faca e soltou uma imprecação contra fascistas que mereciam uma facada na barriga, depois ainda deviam jogar óleo fervente por cima, e, no meio das pragas em língua estrangeira, podia-se muito bem ouvir a palavra "xenofobia".

O grupo da aniversariante agarrou-se à janela para assistir à surra que seria aplicada nos autores do atentado. Infelizmente a única coisa que se pôde registrar foi o trânsito circulando bem calmo.

Aos poucos, os caça-malfeitores foram voltando, ligaram para a polícia, baixaram uma persiana para encobrir a vidraça quebrada e uma moça da cozinha varreu o local para apanhar os cacos. Pouco a pouco, as pessoas se acalmaram, de uma mesa para a outra se ouvia a garantia mútua: Pois é, isso é muita sacanagem! Essa história de o fascismo estar de novo se espalhando por aqui! Quebrar a vidraça dos pobres turcos tão amáveis! Uma pena que não foi possível pegar os meliantes, bem que eles podiam ter levado uma sova! Teriam sido derrubados no chão e pisoteados até a morte! Ou era para esmurrar tanto aqueles sujeitos até rasgar as bochechas. Ou empurrar aqueles safados na frente do metrô em movimento.

A questão era se eram realmente nazistas. Talvez fossem desempregados que, mesmo votando nos socialistas do SPD, acabavam sem acesso a uma vida digna? Ou até mesmo turcos fanáticos do outro espectro político? Da facção dos Lobos Cinzentos?

Depois que o pequeno grupo em torno da aniversariante também conjecturou variadas formas de matar, chegou-se até, com as devidas ressalvas, a uma certa compreensão: Adolescentes arruaceiros haviam sido os autores, excesso de energia armazenada! Como antigamente, na virada do século, quando os universitários realizavam torneios de esgrima. Alguém afirmou que era preciso aproximar-se dos jovens com afeto. E pegá-los pela mão e falar com eles de um jeito amistoso. Repartições públicas com instrução psicológica, programas de terapia ocupacional, ofertas de lazer etc. E outro disse: Quando éramos jovens, não fomos crianças marcadas pela tristeza. Jogar pedras em vidraças tinha tradição como brincadeira de mau gosto. Pensando nos Estados Unidos, alguém acrescentou que a coisa lá era ainda bem mais diferente, eles logo destruiriam todo o restaurante! Ó, Deus! — Albert Schindeloe foi logo contando uma porção de histórias sobre maus-tratos contra sapos, e, segundo ele, quando jovem, se é assim mesmo... E Ulla Bakkre de Vaera sabia contar uns casos de decapitação de besouros, sobre arrancar a cabeça dos bichos com o dedo; contando isso, ria, mas logo tratou de parar de rir, pois o dente morto ficava à mostra.

Jonathan nunca tinha feito esse tipo de coisa. Sempre só espancava o ursinho de pelúcia e, quando fazia isso, acabava molhando as calças.

No endereço de Lehmweg, Albert tinha uma lojinha de esquina onde vendia as coisas que não conseguira vender na França. Relógios de todos os tamanhos, óculos velhos, todo tipo de jarras, estatuetas de chumbo e comendas. Para quem só ia ver vitrine, havia artigos de cinco marcos disponíveis, e era disso que Albert Schindeloe vivia. Acresça-se que ele recebia umas misteriosas contribuições financeiras; aposentadorias ou indenizações que não diziam respeito a ninguém.

Para serem gentis com ele, ainda passaram rapidinho por lá. Acima da loja, cujas vitrines repletas contavam com a proteção de grades reforçadas, ele tinha um quartinho que também era entupido de tralhas culturais, das quais não queria se separar ou infelizmente não conseguia fazê-lo. Liberou espaço em duas cadeiras, dois gatos surgiram ronronando, e as visitas, com discreta admiração, olhavam em volta de si. Ao lado de um oratório familiar devidamente aberto, em cuja cruz faltava o crucificado, e de uma caixa cheia de ex-votos de pernas e braços, foi servido um vinho tinto extraído de uma embalagem Tetra Pak com tampa de borracha, despejado em taças que Albert limpava com um lenço para os convidados, e em seguida contaram anedotas. Albert contou sobre coisas que vendera e para quem vendera, ganhando a pessoa no bico, detalhando que havia clientes que afirmavam: Essa *grande* pintura a óleo eu já tenho. Nos anos 60, a história da promoção de relógios: centenas de relógios de pêndulo foram embarcados para os Estados Unidos. E o boom da prata, nos anos 70, quando os loucos dos ianques compraram arrobas e mais arrobas de prata e deram com os burros n'água.

Bem que ele gostaria de dar uma bisbilhotada nas residências da França para ver se ainda achava bens de espólio que houvessem sido confiscados em Stuttgart pelos *poilus*, disse Albert. Contou que ainda tinha, diante dos olhos, a imagem de uma pequena e encantadora estátua de mármore em cima do peitoril de uma lareira, representando a cabeça de uma garota. Onde estaria ela! Talvez em Lyon?

"E imaginem as coisas que começam a reaparecer em Moscou!"

Talvez um dia a gente possa ir a Moscou para dar uma olhada no mercado de pulgas. Os russos certamente se alegrariam se recebessem pagamento em moeda estrangeira. "Relojovski! Relojovski!" Também disse crer que lá ainda conseguiria encontrar relógios de pulso da época da guerra.

No adiantado da hora, Albert abriu várias gavetas com comendas de todos os tipos, óculos dos anos 20 e 30. Sabe Deus quem foi que usou essas tralhas! Centenas de óculos.

Aqui com certeza também há gavetas cheias de mechas de cabelos que foram aparados, pensou Jonathan.

"Pois é isso, boa noite", disseram os dois um ao outro quando já estavam de volta em casa, e cada um se dirigiu ao próprio quarto. Ouviu-se o barulho da descarga do sanitário, e Jonathan deu corda no relógio. Pensou na turquinha do Ali Baba que ele tinha visto de relance, quando os cacos de vidro estavam sendo recolhidos, pensou na calça de padeiro quadriculada que ela trajava, no boné cobrindo a cabeça, e então se olhou no espelho pendurado acima da pia e refletiu se por acaso causava alguma impressão numa criatura como ela? Com ou sem chapéu de palha, ou dependia?

Refestelou-se no sofá de couro e agarrou um livro sobre a basílica de Trier, também ela construída com tijolos, mas não havia nenhuma ligação com as deusas nórdicas de largas ancas, que se agachavam numa posição superior à das pequenas casas das cidades medievais. À esquerda, os bons, e à direita, os maus, assim deveria ser nas igrejas, e as pessoas que ali entrassem deveriam sair fertilizadas.

Nesse instante, vindo do outro lado, ouviu um assobio dado com a ajuda de dois dedos. Era o sinal com que a delicada namorada lhe anunciava que o dia ainda renderia algo mais.

Nessas horas, Jonathan odiava aquela infantilidade conservada pela moça, aquele sorriso irônico e eficaz, e aquela natureza ossuda da "estrutura" de Ulla. Odiava ter de se entregar a ela três vezes por semana, mas, quando estava indo até lá, ao passar por aquele corredor com cheiro adocicado e mofado, o desejo acabou crescendo dentro dele, como sempre acontecia quando ela o chamava, uma espécie de "por que não"? Às apalpadelas, entrou no quarto vermelho chamejante da namorada e foi puxado para a cama, com os braços nus e o riso farto... Respirando com dificuldade, realizou o que para ele deveria ser um prazer e, no final, acabava sendo: com satisfação cada vez maior, obedecia aos comandos por ela sibilados com precisão.

Quando tudo terminou, foi dispensado de modo abrupto. Ulla Bakkre de Vaera virou-se para o lado, dando-lhe as largas costas. Com isso era mandado embora e, tateando, deixava o cômodo para, já no outro quarto, suspirando profundamente, jogar-se sobre o belo sofá. *Et in Sion habitatio ejus*![3]

Agora a generala podia deixar de lado o livro do Liliencron[4] e tomar o comprimido, o dia não renderia realmente mais nada.

---

3. Salmos, 76:2. (N. T.)

4. Barão Detlev von Liliencron (1844-1909), poeta e romancista alemão. (N. T.)

## 5

No início da semana, surgiu uma oportunidade de Jonathan dizer "aliás". Quando Ulla jogou na lixeira um enorme buquê de flores, ele contou a ela sobre a interessante oferta da fábrica Santubara, adiantando que na verdade não via mais motivos para não fazer a viagem...

Essa informação foi recebida com serenidade por Ulla Bakkre de Vaera. "Que bom pra você!", mais ou menos nesse sentido, mas não exatamente isso. "É você quem tem de saber...", ela ainda acabou dizendo, e, embora essas palavras não tivessem nenhuma utilidade, fizeram-no refletir. "Viajar para a Prússia Oriental não será um risco?", pensou e ajudou-a a enfiar a composição florística na lixeira.

*Numa hora mais desfrutarás*
*do que, em geral, num dia inteiro...*

"Você é quem deve saber..." O que era que ela queria dizer?

Embora Jonathan ainda não tivesse dado uma resposta definitiva à fábrica Santubara, o interesse dele cada vez mais se voltava para o leste. Ficou sabendo que a paisagem por lá era levemente ondulada, permeada por diversos lagos, cujo surgimento se atribuía a massas de gelo morto. Centeio cultivado no inverno, batatas, trigo sarraceno. Leu ensaios históricos das mais diversas tendências — toda uma tarde dedicou à Batalha de Tannenberg, marcada pela derrota dos cavaleiros alemães no século xv e pela tão gloriosa vitória de Hindenburg em 1914 —, "ele promoveu reparações...".

Informou-se sobre como se comportara o sul da Prússia Oriental nas eleições: em 1918 votaram em prol da Alemanha!, fato que o alegrou. Leu pronunciamentos do Ministério dos Refugiados informando que aquela região, do ponto de vista jurídico, ainda pertencia à Alemanha e folheou livros sobre história da arte: o castelo de Marienburg, às margens do rio Nogat, não era, segundo a definição, um gigante nórdico, mas, de qualquer modo, uma construção de tijolos de grandeza absurda e que deveria ser relacionada à igreja de Santa Maria em Danzig.

Desde que Jonathan passou a prestar atenção a esses detalhes, parecia-lhe que toda a cidade de Hamburgo era povoada por refugiados e expatriados: alemães dos Sudetos, silesianos, pomeranos, prussianos ocidentais e prussianos orientais — sobretudo gente oriunda da Prússia Oriental. No açougue, a vendedora que cortava a gordura da carne com uma faca amolada, o dr. Droysen lá da Biblioteca Universitária — lá na redação do jornal, o colega Rothermund, que inclusive era natural da região de Memel, que fora surrupiada pelos lituanos sem qualquer direito, circunstância hoje em dia desconhecida por todos. Na cidade pululavam os prussianos orientais, e cada um teria uma história para contar, e Jonathan achava muito estranho que ninguém perguntasse a respeito disso. Para nenhuma das revistas famosas, que normalmente disputavam assassinatos para noticiar, essas histórias eram um tema interessante. Paz, alegria, panquecas eram as palavras de ordem quando se tratava de nossos vizinhos do leste.

Por exemplo, a sra. Krumbach, que limpava a escada todos os dias. Ela provinha, como veio à tona, das cercanias de Rastenburg, tendo partido de lá aos catorze anos. Ele se dirigiu a essa mulher justamente quando ela faxinava o assoalho revestido de pequenos mosaicos. E, enquanto Jonathan observava, distraído, os pequenos nichos vazios na parede da escadaria, que o arquiteto havia projetado oitenta anos antes para a fixação de quadros representando alegorias dos quatro pontos cardeais — "seja no leste, seja no oeste, o lar é um bem celeste" —, os quais, por algum motivo, nunca foram entregues, a mulher contou a história de um lago às margens do qual crescera, e que lago bonito era aquele. De manhã cedo, mal saía até a porta e o lago "dela" estava ali piscando em tons de prata. Passear de barco, nadar, pescar... Sempre, assim contou ela, chamavam de "nosso lago".

"Quando é que vamos mesmo voltar lá?"

Segundo ela, o pai era pescador, e no inverno sempre deixava uma estaca congelar dentro do lago e martelava, na parte de cima da estaca, um prego no qual atava firmemente uma corda para improvisar um carrossel às crianças. Contou ainda que o gelo era tão claro que dava para ver os peixes por baixo.

Será que um dia ainda receberemos de volta a Prússia Oriental?, perguntou a Jonathan, e ele também não soube responder.

*

O jornaleiro de quem Jonathan comprava o jornal *Rundschau* todas as manhãs — "Japoneses exigem de volta as Ilhas Curilas" — primeiro se mostrou reservado quando Jonathan o indagou se ele não era da Prússia Oriental? E que parecia estar reconhecendo sua procedência pelo sotaque? E será que não podia contar como eram as coisas por lá? O homem fez um sinal negativo. Nã-não, não queria saber de nada disso. Então passa a borracha! Disse que os polacos ali do outro lado não conseguiam construir nada, e a gente agora ainda tinha de ajudá-los. Mas de repente deixa de lado as *cover girls*, os *Landserhefte*, aqueles romances baratos enaltecedores da Segunda Guerra, e as revistas dos canais de TV com as mais recentes notícias sobre os âncoras dos noticiários, o que mais gostam de comer, e acabou saindo do quiosque e começou a contar: Em Heilsberg, o pai, bom, tinha uma loja de material escolar, apontadores para lápis e papel de carta, os poloneses mandaram o pai para um campo de trabalho, nunca mais ouviram falar nele, e a mãe morreu vítima de sepse... E ele, com doze anos, sozinho no mundo. Ficou zanzando pela região e se alimentando de esmolas.

A partir daí o homem começou a relatar histórias terríveis, que realmente deixavam qualquer um espantado por não figurarem nos jornais que vendia: campos de trabalho, prisão, espancamentos... e, enquanto o homem apresentava as suas vivências, não sem um senso melodramático, Jonathan sacou um retrato do tio Edwin, com a mãe morta nos braços, ele entrando na igreja, e, de alguma maneira, o sol atravessou um vitral colorido, vindo na diagonal pela parte superior.

A cena final das histórias de horror que o jornaleiro lhe contou — um grupo de ouvintes já se formara — consistia na descrição da sua fuga em 1948: atravessou o rio Oder a nado. A Polícia Popular, criada na parte oriental da Alemanha sob os auspícios da União Soviética, imediatamente o mandou de volta, ou seja, foi banido, os próprios compatriotas o expulsaram, a ele mesmo! entregando-o aos poloneses!

O homem ia ficando cada vez mais agitado, um cãozinho que levantou a perna junto ao quiosque levou um chute. Por fim, mencionou de forma sarcástica um programa de TV sobre a Masúria que havia mostrado as maravilhosas propriedades estatais que os poloneses tinham por lá e as grandes fábricas, e como são pessoas maravilhosas os poloneses... O pessoal da TV deveria vir falar com ele, e ele contaria umas verdades àqueles jornalistas. Enviar pacotes! Pagar indenizações!

No final das contas, devido à agitação, estava com umas manchas no pescoço, e outras experiências surgiram com aquela ferida na qual provavelmente não havia tocado durante muito tempo: Aos domingos de manhã, era obrigado a arrancar as ervas daninhas entre as pedras em frente à igreja. E os poloneses que iam assistir à missa, portanto, os próprios católicos, cuspiam nele! E, ao passo que vomitava essa história, batia no peito, mártir, indo e voltando.

Aqui Jonathan se deu conta de que perdera o seu rosário de sofrimentos perante outras pessoas. Metido na jaqueta folgada de malha dinamarquesa, estava junto ao quiosque alisando as narinas. Perguntava-se como conseguiria sair daqui.

Em antiquários onde costumava buscar materiais sobre casas flamengas com representatividade histórica e sobre portões de entrada nas cidades de Mecklenburg, agora estava pesquisando sobre o antigo guia de viagem com mapas da Coleção Baedeker dedicada à Prússia Oriental. Álbuns de figurinhas que eram vendidos com maços de cigarros, revistas — "a arte no Terceiro Reich" — ficou sabendo pelo simpático livreiro que haveria uma reimpressão, a preço módico, do Baedeker sobre a Prússia Oriental. O homem lhe vendeu, por um preço camarada, a biografia manuscrita de uma moradora de Königsberg: *Dias de sol*.

"Coisas assim normalmente a gente acaba jogando fora", disse o livreiro, que não era prussiano oriental, mas sim da Baviera.

Por fim, Jonathan também foi à mundialmente conhecida livraria Dr. Götze, especializada em mapas de todos os tipos. Não só havia globos da Lua e de Marte com iluminação interna, como também mapas das cidades de Buenos Aires e Moscou. As pessoas que pesquisavam sobre o Polo Norte faziam encomendas, e velejadores entusiastas compravam cartas náuticas do estreito de Categate.

Jonathan pediu a um senhor chamado Hofer que mostrasse mapas da Prússia Oriental — "Atualmente sob administração polonesa" —, com brasões à esquerda e à direita, e outros nos quais estavam marcadas as rotas seguidas pelas carroças de refugiados de 1945. Maravilhas da exatidão: 1:300 000, com a restinga do Vístula e o istmo da Curlândia, com os topônimos ainda grafados em alemão — conseguiu distinguir uma aldeia chamada Zimmerbude.

"Mas seja precavido", disse o sr. Hofer, "não é permitido levar mapas escritos em alemão para a Polônia. Pode trazer problemas!".

Pediu para empacotar tudo o que de alguma forma lhe interessava — recusou discos com canções nacionalistas — e comprou também a *Documentação sobre a expulsão*, a edição de bolso, em cinco volumes, de uma antologia de abominações de primeira classe, que nada mais era que uma mercadoria encalhada na loja. Posteriormente, repassaria a Ulla como presente de Natal. Tinha consciência de que não deveria levar essa obra aberta por onde quer que fosse nem a ler dentro do metrô, as pessoas logo o tomariam por um apoiador da Guerra Fria.

Trocou o cheque do tio e sentou-se no restaurante Austernkeller, onde outras pessoas com diversos caprichos se sentavam para almoçar. Pediu um prato de galantine de mexilhões acompanhado de batatas assadas e deu uma folheada no livro de memórias Dias de sol, no qual afirmava-se que a autora, agora octogenária, quando criança corria pelos campos gritando de alegria. Jonathan admirou-se por não ter se interessado antes pela própria terra natal, mas isso também se deu assim porque a Prússia Oriental não era o seu torrão natal. Bad Zwischenahn e a fábrica de móveis, onde os operários do tio o deixavam cavalgar nos ombros deles, e o lago, andar de canoa à tarde e patinar no inverno.

Uma estaca enfiada no gelo — poderia ter sido engraçado.

O escritório do tio, onde Jonathan pôde ficar deitado no sofá para sarar da caxumba, a gaveta esquerda superior da escrivaninha que ele, quando criança, tanto gostava de revirar. E aquele buraco cheio de aparas de serragem, onde as crianças se jogavam com prazer. E uma manhã de inverno à beira do lago, com névoa e a bola de sol, tão bonita que hoje nenhum pintor mais conseguiria pintá-la.

Quanto mais refletia, mais parecia claro aquilo que outras pessoas haviam designado como "terra natal". Mas saudades de lá? Não, porque ainda possuía a sua.

Nos dias seguintes, Jonathan passava horas deitado no sofá, estudando, na posição mais desconfortável, o mapa da Prússia Oriental. Segurava o mapa aberto acima de si e, conforme fosse necessário, desdobrava-o para baixo. Por fim, pousou-o sobre a mesa e, com um pincel vermelho, marcou as estações culturais que queria sugerir ao pessoal da fábrica Santubara: o castelo de Marienburg, o castelo de Frauenburg, as cidades de Braunsberg, Heilsberg... O fato de os russos ainda terem arrancado para si um pedaço da restinga do Vístula realmente era uma coisa medonha! Vamos ver o que os poloneses têm a dizer sobre isso!

Pillau,[5] a última salvação dos refugiados antes da vingança dos vencedores. Jonathan viu carroças trotando sobre a laguna congelada, cavalos caídos no gelo, com a cabeça para fora, aviões do glorioso Exército Vermelho zunindo em voos rasantes, disparando balas traçantes contra o cortejo de miseráveis. E depois os navios lotados. No cais, os veículos com tração animal não seguem em frente, os cavalos tristes e com a cabeça baixa. Numa foto se podia ver também uma cabra.

Jonathan voltou a pegar aquele livro de memórias intitulado *Dias de sol*. Terra natal? Não, não dava mais, não era mais possível dizê-lo. Havia muito de Zarah Leander ali.

---

5. Após a Segunda Guerra Mundial, a cidade, que ficou sob dominação russa, passou a chamar-se Baltisk. (N. T.)

Não foi à casa do tio, este apenas contaria uma anedota atrás da outra. Não foi a Bad Zwischenahn porque temia receber incumbências nostálgicas. Também não era absolutamente necessário ir até lá, pois, quanto mais pensava em não fazer, de mais histórias do arco da velha ia se lembrando. Não precisava o tio contar nadinha sobre a Prússia Oriental, ele sabia de tudo, até mesmo aquilo que o tio ainda não contara.

Somente fez uma ligação rápida para ele, perguntou sobre Rosenau e anotou onde ficava a aldeia, para não se esquecer devido àquela sua maneira distraída. Sobre a propriedade do tio, ficou sabendo que se situava na zona russa. Graças a Deus, assim eu também não precisarei ir até lá.

Numa tarde às quatro e meia, pegou uma folha de papel e escreveu à fábrica Santubara: Sim, ele aceita o encargo, vai fazer a viagem. E agora ficou realmente muito ansioso por causa da empreitada exótica. Itália ou Espanha, essas ainda ficariam faltando para ele. Mas não deixaria escapar.

Uma quantia de cinco mil marcos mais diárias, e ainda era negociável... Será que receberia de volta o dinheiro gasto com mapas e livros? Despertou interesse nele.

## 6

Nesses dias, Ulla não parava em casa, a exposição exigia muito dela, era o que dizia. De vez em quando, ficava parada na porta e balançava a cabeça criticando Jonathan. Não tinha nada contra os estudos dele. Mas, quando o via deitado assim no sofá, um copo de papel em cima da mesa com refrigerante Sinalco, ele parecia tão largado, tão derrubado. Aos olhos dela, ele ia ficando cada vez menor e menor, e aquele quarto sombrio ia ficando cada vez maior e maior.

Jonathan percebeu que ela havia parado no umbral dizendo que precisava sair agora e só voltaria muito tarde. E, quando ela já havia fechado a porta, ele pensou: "O que foi que ela disse?".

Com o olhar perdido, fitava algo indefinido quando teve a impressão de que aquele que refletia não era ele, mas sim que ele refletia dentro de si: como numa máquina de envasar comprimidos, as coisas se organizaram no cérebro.

Quando se saturou de imagens e números, de repente foi tomado por esta sensação: Agora basta. Recompôs-se e foi ver Albert Schindeloe lá no Lehmweg.

"Hoje é terça ou quarta?", perguntou ao amigo, que na verdade tinha pensado em fazer, com toda a calma, o registro contábil de alguns comprovantes que havia selecionado e jogar no lixo uns tantos outros. Agora que os dois estavam ali a sós, Albert fez surgirem as suas facetas agradáveis, mostrou-se simpático e, quando acariciava o gato gordo, era como se acariciasse Jonathan.

Entre todas aquelas tralhas penduradas, guardadas ou expostas na loja de Albert, entre os castiçais para piano, os copos e as cerâmicas, as medalhas e os capacetes, nada havia que despertasse interesse em Jonathan. Talvez aquela estatuetazinha de porcelana dos anos 30 em cima da escrivaninha de Albert, uma moça bem moderna, que de forma bastante estática se equilibrava sobre uma esfera de ouro. Agarrou aquela coisinha, levantou-a na direção da luz, girando-a, como se faz com filmes por motivos cinematográficos. A peça surpreendia pela leveza: Era oca.

Albert pôs de lado os discretos comprovantes contábeis e perguntou a Jonathan se não se atrevia a arrancar, com uma alavanca, os azulejos da escadaria da Isestrasse? Se o prédio tivesse sido destruído na guerra, os azulejos teriam ido mesmo todos para o beleléu. O valor de vinte marcos por azulejo, será que não seria um bom negócio?

Essa proposta já fracassava pelo fato de Jonathan, ao longo da vida, ter optado por ser uma pessoa inabilidosa. Além disso, não queria deixar de passear o dedo por cima dos nenúfares desfigurados sempre que subia e descia as escadas.

Para a generala, seria mesmo indiferente se alguém furtasse ou não os azulejos, disse Albert. Mas Jonathan se recusou. Era uma espécie de instinto natural, como um cão treinando a capacidade da mordida, que o fazia recuar dessa travessura de moleque. E depois a barulheira! Arrancar azulejos quebrando a escadaria com uma alavanca! Não, em princípio até que sim, mas, enfim, era não mesmo. Queria, muito mais, era encher os nichos da escadaria com alegorias dos quatro pontos cardeais, ou seja, contribuir com algo para o prédio, em vez de subtrair algo de lá.

Mais uma vez aquele papo de Botero, mas nesse dia Albert Schindeloe desistiu de começá-lo, pois não queria estragar o seu bom humor nem o de Jonathan.

A conversa dos dois foi interrompida por um homem que queria trocar uma nota de cem marcos (tratava Albert com intimidade). Quando ficou sabendo da empreitada de Jonathan, o homem o aconselhou a levar moedas de cinco marcos, elas passariam como dinheiro para troco, e ele não precisaria declará-las ao entrar na Polônia.

Depois apareceu uma dona de casa desocupada de Rahlstedt que precisava de umas peças para completar o aparelho de louça dela: "O senhor já sabe, uma que tem umas rosas estampadas assim em todos os lados", buscava duas xícaras, pois os pires ela já tinha.

Seria uma louça para servir pela manhã ou à tarde, Albert indagou à mulher. Ou se tratava mesmo de um aparelho de jantar?

Assim que ela foi embora — os dois homens ficaram felizes por não terem uma louça com rosas estampadas assim —, chegou um aposentado segurando uma sacola plástica na mão trêmula, com uma Bíblia e um livro de cânticos. Será que não seria do interesse de Albert?, perguntou. Era um tesouro antiquíssimo da família. Muito valioso!

Albert folheou a Bíblia — era uma edição de 1904 — e leu em voz alta uma passagem.

*Eu vi, eu vi a miséria do meu povo que está no Egito. Ouvi seu grito por causa dos seus opressores; pois conheço as suas angústias...*

O idoso foi bem tratado, mas a oferta, claro, recusada, e os dois sentiram uma certa tristeza ao vê-lo sair. Albert jogava a culpa no Estado pelo fato de aquele homem ter de vender Bíblia e livro de cânticos aqui, aquele Estado de merda que gastava milhões em foguetes e não parava de reduzir o valor das aposentadorias. A sua cosmovisão era alimentada, de um lado, por jornais sensacionalistas e, de outro, por jornalecos trotskistas obscuros que escondia por baixo de pastas quando alguém entrava na loja.

Na hora do almoço, foram tomar uma sopa de batatas que não havia melhor do que no restaurante Spanier, que, apesar do nome, não era de nenhum espanhol. O estabelecimento era administrado de forma sofrível por um casal de estudantes bem alemães, que só convenciam os clientes graças a uma sopa de batatas feita à moda antiga. O rapaz servia o chope como se quisesse dizer: Estão vendo, também sei fazer. Portanto, um pouco rápido demais. E no banheiro pregaram o conhecido pôster do soldado alemão em pé atirando numa mulher com uma criança nos braços.

*GUERRA NUNCA MAIS!*

Mas não pode ter sido, de maneira alguma, um soldado alemão, disseram, o quepe era bem diferente, e do Robert Capa, a conhecida foto foi usada para provar a perversidade dos fotógrafos, aquela foto que Capa tirou na Guerra Civil espanhola, no exato momento em que um soldado cai atingido mortalmente por um disparo. Diziam que tinha sido tirada por capricho, bem longe da frente de batalha e enquanto os companheiros tomavam o café da manhã, segurando a barriga de tanto rir.

Na época em que o espanhol ainda residia aqui, todos os comerciantes da região se encontravam neste estabelecimento: Heinzi, o homem da bicicleta, dr. Ommel, um colecionador de relógios que também era versado em decoração e arte de influência chinesa e falava fluentemente japonês, Giorgiu, o especialista em vidraçaria que vendia tudo a crédito e roubava os colegas. Há pouco tempo, a polícia mais uma vez lhe fizera uma visita, era o que as pessoas comentavam.

De todos esses personagens originais, nenhum deles comia mais no Spanier, pois aquele restaurante tinha perdido a graça. Sopa de batatas, bem, não atrai todo mundo.

Os dois ainda conversavam sobre a mulher de Rahlstedt, a das rosas e tal, provavelmente divorciada de um dentista que teve de trabalhar bastante por causa dela durante cinquenta anos, embora a coisa nunca tenha rolado bem na cama, e os dois amigos achavam que mulheres babacas são especialmente babacas, uma opinião bastante teórica que não conseguiam fundamentar com nenhuma experiência prática e que só defendiam quando estavam entre si.

Quando já finalizavam a pequena refeição, Albert tirou um maço de notas de cinquenta marcos do bolso do paletó e perguntou ao amigo se ele não podia lhe trazer algumas esculturas de madeira típicas de Cracóvia ou joias antigas de âmbar?

\*

Na manhã seguinte, Jonathan decidiu fazer uma visita à generala. Prússia Oriental? Oitenta anos? Talvez pudesse fornecer ao rapaz algum pano de fundo ou, explicando no vernáculo, dar algumas informações úteis para o artigo, e ele ficou imaginando passeios de trenó que essa mulher porventura fizera, indo visitar o tio na propriedade vizinha, as bochechas ardendo de vermelhas, e talvez até houvesse lobos à espreita correndo atrás dos trenós, e depois os cavalos acabam caindo e as feras passam a devorar a barriga dos nobres animais — o sangue quente borbulhando...

Bateu à porta, e depois de algum tempo a abriram. A generala, uma mulher magricela com olhos de cor azul-água e uma trança cacheada branca emoldurando o rosto jovial marcado pelas rugas, não demonstrou a mínima surpresa ao ver que o rapaz, que já poderia ter passado aqui havia muito tempo, agora estava lhe fazendo uma visita, exatamente *comme il faut*, numa quarta-feira às onze e quinze da manhã. Portanto, ela o deixou entrar na sombria suíte, ofereceu-lhe uma cadeira, uma coisa frágil dos anos 50, e acomodou-se no sofá coberto de livros e revistas. Pôs as pernas sobre o assento. Na parede, acima dela, pendia uma foto em formato grande, primitivamente colorizada, do marido (como general), e diante da generala, em cima da mesinha arqueada, havia uma máquina de escrever portátil, que parecia ainda ser parte do patrimônio da *Wehrmacht* alemã. Ao que parecia, havia acabado de escrever algo, uma folha estava inserida na máquina, o cigarro esquecido no cinzeiro soltava uma fumaça que subia às alturas. Os outros compartimentos situados por trás da sala de estar, visíveis através de portas corrediças abertas, davam a impressão de que haviam acabado de realizar, ali, uma busca por armas.

Jonathan adotou as boas maneiras próprias do século anterior e anunciou que também ele, de alguma maneira, provinha da Prússia Oriental, de Rosenau, talvez ela já houvesse ouvido falar desse lugar? Contou que, durante a fuga, a mãe "se extraviara", talvez a gente pudesse dizer assim, portanto, que ela "partira desta para melhor", ou, de forma mais precisa: morrera de hemorragia durante o parto... E ele perguntou sobre o valioso bem-estar da generala, que, mais ou menos sem problemas, dera à luz sete filhos: comerciantes, banqueiros, uma assistente administrativa industrial e Jonas, um *sonny boy* louro, que era casado na Califórnia e de vez em quando pedia dinheiro. Com a generala, que estava sentada ali diante dele, fitando-o, gostaria de ter usado o pronome de tratamento "excelência" ou pelo menos "ilustre senhora", mas não conseguia pronunciar essas palavras. Os olhos azuis, a trança cacheada branca... para ser franco: Aquelas baforadas contínuas de cigarro não combinavam totalmente com a velhota jovial e mumificada...

Para dar tempo à velha senhora de se concentrar no passado, Jonathan disse que achava maravilhoso morar ali na Isestrasse, e que curioso ainda nunca terem trocado umas palavras. Coisas assim certamente não havia em países mediterrâneos, afirmou, cruzando as pernas. Nesses países as pessoas se aproximavam umas das outras de modo mais cordial. Da última vez, em Passada, no Lago de Garda, como desfrutara! Contou ter sido recebido pelo povo por ocasião de um funeral! Aquela alegria natural! Serviam vinho e bolo, embora a *Wehrmacht* alemã houvesse executado a tiros treze moças num túnel ferroviário próximo de lá! Sentimentos de compaixão, ao que parecia, seriam desconhecidos na fria Hamburgo. Não havia muito, pedira a um senhor para trocar dinheiro numa cabine telefônica, e o homem sequer reagira.

Enquanto falava assim, deixava o olhar passear pela sala. Caramba! aquilo ali era um caos! Havia uma cristaleira com louças ao lado do sofá, a vidraça da janela quebrada, mas colada com esparadrapo. Na parede, pendiam pequenos quadros, não eram nada mal pintados, um trabalho artístico bem executado, uma alameda, um lago com bosque e cisnes, mas, ao lado desses quadros, logo apareciam os girassóis de Van Gogh, uma gravura pregada num papelão.

Quem herdará um dia todos esses quadros, pensou Jonathan, perguntando-se por que aquela senhora simplesmente não pegava um deles para lhe dar de presente. Quando a gente já está nessa idade, não precisa mais de quadros!

A generala pode ter pensado que viera falar com ela por causa do aluguel, que talvez não estivesse podendo pagar, e usou o cigarro que terminava de fumar para acender mais um, e agora ficou sabendo que Jonathan queria viajar à Polônia, à Prússia Oriental, para ser mais preciso, e que estava reunindo alguns dados gerais sobre a região, livros não forneciam as informações que precisava saber. Costumes, superstições, e ela sem dúvida teria conhecimentos prévios essenciais, enquanto a geração dele era, segundo ele próprio afirmou, totalmente desinformada...

A mulher tomou um gole de um café nitidamente frio da xícara manchada — o pires ficava bem pregado — e disse: "Ah, meu Deus, pois é, a Prússia Oriental...". Mas, antes de contar que andava anotando tudo para os netos, reclamou que lá fora, em frente à janela, as folhagens das árvores da rua impediam a passagem da luz do sol. Sentia-se como se fosse uma criatura noctívaga! A única coisa que ainda a consolava: diante de todos os prédios havia castanheiros, apenas diante do seu prédio, o de número 13, havia um plátano. Portanto, uma exceção! Esse plátano lembrava-lhe do parque do tio, em Heiditten, no ano de 1938, onde passara dias maravilhosos.

"Todas as árvores, castanheiros", disse com voz grave, "um atrás do outro, apenas em frente ao meu prédio há um plátano". Uma beleza, afirmou, mas de algum modo era um absurdo, e tinha a cara da prefeitura de Hamburgo. Contou que na sua vida sempre houve algo especial, algo absurdo. Na Prússia Oriental, os vizinhos haviam sido assassinados pelos soldados do Exército Vermelho, àquela época, no ano de 1945, nas propriedades deles, somente ela não fora. No instante exato em que os soldados fariam a pilhagem, com o fuzil já apontado para ela, veio um oficial da tropa de elite, acompanhado do esquadrão, mandando os sujeitos saírem, protegendo-a. Claro que foi uma bênção saber falar russo!

O homem aparece de carro em frente à casa dela, passa a morar ali, cozinham juntos e à noite tocam piano... E depois praticamente a acompanhou até a fronteira — "Você não pode ficar aqui" —, então chegou num carro para levá-la até Stettin, atravessando a região polonesa. Ela ainda vê a imagem dele de pé lá na divisa. Não dava para entender, ainda hoje pensa nisso.

Segundo ela, o marido já tivera uma sensação precoce do que aconteceria aos prussianos orientais; a capacidade de imaginação e o senso de realidade dele ainda não estavam embotados. A idosa propôs imaginar o seguinte: No verão de 1944, ele comprara esta casa, transportara caixas e mais caixas de livros e quadros para cá, toda a prataria! A prima dela em Bonn — bem, esta não salvou nada além do que levava no corpo. Nem um único item! Já ela própria salvara praticamente tudo!

Uma loucura.

No peitoril da janela, onde um velhíssimo buquê de flores deixava caírem as pétalas sobre moscas mortas, havia porta-retratos cheios de fotos: o marido cheio de condecorações, os filhos e ela própria: uma jovem mulher com uma trança cacheada loura emoldurando a cabeça: Sim, aquela jovem mulher era a própria generala, sem dúvidas, e isso fora sessenta anos antes!

Jonathan olhava tudo, admirado. Dentro dele se formava uma grande saudade de um tempo em que havia casas de fazenda brancas fincadas em campos de cereais dourados, e um jovem oficial chegando a cavalo, e alguém o esperando no portão...

Sobre a escrivaninha da generala, havia um velho álbum de fotos, com uma capa de veludo verde desbotado, com ângulos e fechos de latão. Pediu ao rapaz que lhe passasse o álbum e depois o folheou, explicando a Jonathan, que teve de chegar mais perto, as fotos: a carrocinha puxada por burros em frente à casa pintada de branco, com pergolados de parreiras, as irmãs com vestidinhos-marinheiro, o pai caçando junto com Hindenburg.

Em seguida, contou histórias: educação severa; os dormitórios não eram aquecidos no inverno, mas no aniversário a mãe amarrava um laço de cetim azul em torno do braço delas. Quem estava usando um laço azul, todos já sabiam: era a aniversariante.

Assim a generala ia contando histórias e acendendo um cigarro atrás do outro, e Jonathan pensando: Que pena que hoje em dia ninguém mais se interessa por essas histórias. Ele mesmo não se interessava, mas achava que aquilo era algo muito especial, ele ali numa quarta-feira de agosto, na sala de visitas de uma sobrevivente, de uma relíquia anciã, e representando a geração jovem, aos pés da velhice e à escuta, embora, naturalmente, não por tempo indeterminado. Da próxima vez lá na casa de Albert Schindeloe, era só deixar escapar na conversa que ele agora vive conversando com idosos, a gente precisa mesmo dar atenção a essas pessoas...

O tempo ia passando, era uma história atrás da outra. Por fim, foram enumerados os nomes dos netos, um casado no Canadá, um trabalhando como advogado na empresa Bayer em Leverkusen — e Jonathan queria sair dali, ir para bem longe dali! Ir para o seu quarto, para o seu lindo sofá de couro. O que o havia levado a cair naquela aventura?

"Não hesite em fazer essa viagem à Prússia Oriental, sr. Fabrizius", disse a generala, levantando-se. "Esta será uma viagem que o senhor jamais esquecerá."

Dessa forma, a visita estava concluída, e Jonathan voltou para o apartamento e jogou-se no sofá de couro. Esquisito, pensava, ela já está recebendo pensão há quarenta anos, sem falar nas indenizações por perdas sofridas... E quantas generalas não haveria, recebendo, todas elas, pensão... Um acinte que o Estado assuma todo esse gasto! Mas em seguida raciocinou que também há outras pessoas recebendo pensões e aposentadorias e que os beneficiários dessas pensões e aposentadorias, na verdade, também gastam dinheiro. Usam, por exemplo, para comprar cigarros, café, chaleira elétrica, e assim os comerciantes pagam os salários dos empregados, que, por sua vez, compram cigarros e café, adquirem um novo aparelho de som.

Quem, no final, é o babaca?, refletiu Jonathan, perdendo-se num emaranhado de pensamentos.

# 7

Na última noite, Jonathan bem que gostaria de ter jantado com a namorada num clima tranquilo, ter ouvido o *Concerto para piano em mi bemol maior* e ter folheado uma pasta com materiais sobre crueldades tão bem organizada por ela — a posição dos pés do crucificado! —, mas de algum modo não foi possível. Ulla estava inquieta, passava as mãos na parede do armário, olhava pela janela — era quase como se estivesse esperando alguém. Além disso, tinha o que fazer, como ela mesma dizia, às oito horas, no museu; precisava mais uma vez repassar tudo com o dr. Kranstöver: tratar dos últimos preparativos para a exposição. Havia muito mais testemunhos de crueldades do que se pensava! Os canibais na África e na América Central, aquela história de arrancar a pele, vamos mandar um telex para o México! — Crueldade? Era realmente um tema ilimitado.

Jonathan decidiu assistir a um concerto de piano. Stepanskaia se apresentava na Kleines Haus com peças de Chopin e Debussy: ou seja, a coisa mais certa para esta noite.

Ulla tinha o disco *Children's Corner*, que durante muito tempo fizera parte do repertório das noites deles. Também tinha um disco com estudos de Chopin, que faziam a pessoa acreditar que dez dedos não eram suficientes para produzir um tal espetáculo.

Antes do espetáculo da noite, Jonathan estava seguro de que o programa não continha os estudos de Chopin, mas sim diversos noturnos. Além destes, a incrivelmente bela "Balada nº 1 em sol menor", sobre a qual se pensa: Eu também sei fazer, sei tocar essa balada, mas aí a coisa acaba apertando. Essa música deveria ser usada para mostrar aos jovens que normalmente optam por arruinar os ouvidos nas discotecas que música clássica nada tem de sem graça, será que com esses acordes seria possível resgatá-los de volta para o Ocidente?

O responsável pelo evento havia mandado colocar velas de verdade nas longas alas (um tanto combalidas) do teatro, e Stepanskaia trajava um vestido de seda amarelo, cuja cauda estendera bem para trás. Os cabelos escuros caíam sobre o rosto enquanto, sentada no banquinho, ainda refletia um instante, e isso a tornava desejável, embora já fosse visivelmente de idade avançada. Agora ergueu o olhar, juntou as mãos como se fosse rezar e em seguida lançou-se, de maneira breve e decidida, ao teclado.

A sala íntima, a iluminação plena de sentimento e as pessoas, na sua maioria requintadas, que se inclinavam levemente para a frente para receber a música ou se recostavam embaladas pelas confusões enarmônicas como se recebessem uma tépida brisa noturna. Universitários exibindo os pomos de adão acompanhados das namoradas, jovens baixinhas a quem se queria tornar deliciosas as aulas de piano, idosos com aparelhos auditivos pensando na casa dos pais: A mãe, ah, como fora bonita, e o pai se sentava ao lado dela ao piano — *chant sans parole* — para ficar passando as páginas da partitura. Para todas essas pessoas, aquela música enternecida levava a órbitas preestabelecidas e receptivas...

"Ocidente", pensava Jonathan, "isto é o Ocidente." Ele tinha a esperança de que as pessoas sentadas à esquerda e à direita percebessem que também ele fazia parte do Ocidente — ruína da abadia de Eldena! — e, com trabalhos através da oscilante seara da música, cumpria o seu dever — espírito para espírito! Não seria um desperdício ele, movido por mero interesse, viajar até a Prússia Oriental e talvez lá ser abordado por pessoas que estariam de olho no seu relógio?

Escutava a música e punha à prova a memória, se conhecia os acordes e as cadências, e perguntou-se: Por que não sou dono de uma casa à beira de um lago, branquinha por trás de uma faia de cobre, degraus que conduzem até o lago, o último deles banhado por pequenas ondas farfalhantes... Ele então estaria sentado num banco branco, a fria casa branca, e das janelas abertas viriam aqueles acordes que agora mesmo ouvira, acordes que atualmente não mais se podiam ouvir com a consciência tranquila: nos desertos da África, refugiados se arrastam pela areia, famintos e sedentos, e depois acabam parando nos lixões das grandes cidades.

O espaço muito reduzido e a grande proximidade das pessoas dificultavam a concentração de Jonathan, fazendo-o distrair-se. Todas aquelas pessoas não tinham ido por causa da música, que até conheciam, mas para repousar nas próprias lembranças e vivenciar algo que poderia tornar-se histórico, sobre o que um dia seria possível dizer: Naquele dia eu estava lá, vivenciei aquele concerto durante o qual Stepanskaia fez vibrar na sala, para cima e para baixo, os belos e tristes acordes da luz do luar, e de repente colapsou sobre o teclado, aquela mulher sobre quem havia rumores de que estaria sofrendo de uma doença incurável.

A proximidade física de pessoas que fediam a fumaça de cigarro entranhada na roupa ou que deixavam ao redor de si uma nuvem de talco e perfume, esperando fervorosamente que nessa noite Stepanskaia fosse pega em flagrante, incomodava Jonathan. Na frente dele, havia até uma criança que, num tom claramente audível, exigia que a mãe a pusesse no colo: "Mamãe, tá acabando?". Mas, por outro lado, a proximidade dessas pessoas também o atraía, pessoas que agora, acompanhando a música, produziam imagens no seu próprio interior, como se fora um concerto de acompanhamento íntimo em fá sustenido menor e lá maior. Pessoas com espírito, que não faziam parte daquelas que viajam às falésias da costa da Cornualha para em seguida dizerem: "Foi bonito". Pessoas que se preocupavam com cultura, empenhando-se em não deixar que se extinga, dispostas a pagar cinquenta marcos para ouvir composições que em parte saberiam acompanhar cantarolando.

Ao contrário dos espectadores do concerto à direita e à esquerda, Jonathan não via bosques noturnos enluarados. Lamentava que na parte superior da cortina não houvesse uma faixa rolante apresentando a partitura, para que pudesse acompanhar se logo haveria acordes ascendentes ou descendentes. Como não era assim, ele ilustrava a música com os conhecimentos adquiridos através de leituras sobre os últimos sete anos de Chopin acometido de hemoptise. Maiorca! a cela de um monge no mosteiro úmido em forma de ataúde! Para ser aproveitada pelos moradores, e sempre chuva, dia e noite, e depois viajar a Londres, essa leviandade!

Também pensou em George Sand, a incorrigível mulher de calças que primeiramente cuidou do músico e depois o deixou na mão. Será que ela também assobiava com os dois dedos em determinadas ocasiões?

Enquanto a doente terminal Stepanskaia se agarrava a acordes chorosos, Jonathan passeou com o compositor hemoptoico pela úmida cartuxa, produzindo presságios: Pois talvez ele corresse o risco de ser assassinado na Polônia? Ter o crânio partido com uma machadada... ou uma faca enfiada no abdômen? Como o arqueólogo alemão Winckelmann em Trieste? E ali se viu jazendo com o corpo estirado, como um carneiro sacrificado oriundo da Europa Central, degolado numa floresta.

Em seguida, foi a vez de Debussy com a sua música subaquática. Embora se tratasse de um homem ferrenhamente hostil aos alemães, o público o amava. *Clair de lune*... Era a lembrança de noites de verão sem pernilongos, noites em que ainda não era preciso entrar em casa para ir pegar um cobertor, noites em que não era preciso pensar no escritório de amanhã, mas nas quais a gente se lembrava de memórias esquecidas desde muito tempo. Deixando de lado as ocasiões ridículas em que Debussy escrevera peças musicais — *Golliwog's Cakewalk* —, esses acordes impressionistas eram imprescindíveis ao espírito; pena que não era possível pendurá-los na parede como os girassóis de Van Gogh.

Uma das peças que a sra. Stepanskaia tocou se chamava *A catedral submersa*. No libreto estava escrito que era plenamente possível escutar como a catedral, de pedaço em pedaço, se erguia das profundezas e por fim se alçava maravilhosamente diante dos olhos da humanidade.

Agora a mulher parou de tocar, e as palmas rítmicas entraram em cena, permeadas por alguns gritos isolados de "Bravo!", referindo-se ao fato de a artista, apesar do traiçoeiro problema cardíaco, ter tocado com tanta intensidade: vinte anos treinando escalas musicais, todos os noturnos na cabeça, Schumann, Debussy, Mussorgski, e agora, daqui a pouco tempo, bater as botas? As mãos muito bem treinadas, unidas violentamente pela lavadora de cadáveres? Primeiro decai a carne, depois os tendões maltratados... Alguns poderiam lamentar que a virtuose não tenha sido levada para o leito de morte como Dinu Lipatti ou, melhor ainda, que não tenha desmoronado durante a apresentação, lá em cima, à luz das velas, e terminado a vida com um acorde dissonante...

"Eu estava presente, eu vivenciei..."

Como isso não aconteceu, eles aplaudiram. As imagens desapareceram nos cérebros, o Ocidente se evaporou. Agora era preciso ganhar terreno, ou seja, era preciso sair ao ar livre, pegar o próximo metrô ou fazer o carro deixar aquela terrível confusão e rumar para os abençoados subúrbios, lá ligar a TV e assistir à última edição das notícias do dia.

O fato de outras pessoas também se apressarem em busca de ar livre, com mais rapidez do que seria adequado àquela noite aveludada, apaziguava Jonathan um pouco. E ele reconheceu: Na verdade, é o isolamento, este "eu aqui — você aí", que constitui o Ocidente. Mas no agir em conjunto vencemos a nossa solidão.

Pelo menos provisoriamente.

Quando Jonathan subiu na bicicleta, prometeu continuar os trabalhos, não apenas trazer a lume as gigantes nórdicas uma atrás da outra, mas também realizar trabalhos minuciosos em todas as formas, dedicando-se às cercas provençais, a corrimões de pontes dos anos 20 em Chicago e, além disso, a Wittgenstein, investigando por que o filósofo austríaco esbofeteava os alunos na escola do interior, bem como a Robert Schumann, a fim de descobrir o significado das semicolcheias nos diários do músico... E também dedicar-se à Prússia Oriental. Sobre essa região, escreveria um artigo que teria um efeito espetacular! Não serviria para saraus literários bem-humorados, marcados por referências a especificidades dialetais, não se acabaria como um testemunho empoeirado de apego à terra natal nos arquivos das associações territoriais de refugiados e expatriados do leste; em vez disso, o artigo se destacaria em meio aos muitos textos densos e sem ilustrações publicados todos os dias nos jornais: Você já leu?, perguntariam. O Fabrizius escreveu um artigo sobre a Masúria...

Por essa mesma hora, Ulla Bakkre de Vaera estava sentada no terraço de um restaurante às margens do Alster na companhia do chefe, o imponente dr. Kranstöver. Como se tratava de um restaurante fino, um animado pianista se sentara diante de um verdadeiro piano de cauda, que a princípio parecia tocar a mesma música que Jonathan ouvia na sala de concertos Kleines

Haus. A música do pianista se confundia um pouco com o barulho da fonte que o dono do restaurante mandara instalar no terraço. Que coisa rara ficar sentado ao ar livre, tarde da noite, em Hamburgo! E como é tranquilizador saber que há pessoas neste mundo com as quais a gente se entende, mesmo que não seja preciso conversar muito. Ulla fazia barulho mexendo o copo de coquetel com as varetinhas de vidro; leitão fresquinho assado e empanado numa massa com mel de flores silvestres. E prometeu rever o quarto de Jonathan na manhã seguinte — fazia tempo que não lia o diário dele, amanhã se deleitaria.

O dr. Kranstöver estava ansioso pela abertura da exposição, que agora já "estava de pé" — México para lá, México para cá —, e sempre voltava a dizer que sem Ulla não teria conseguido dar conta daquela coisa tão bem. A parceria dos dois tinha se comprovado! Quem teria pensado nisso naquele dia em que ela se sentara lá no escritório dele. Será que Ulla tinha noção de que devia aquele bico ao anel que possuía? Segundo ele, ao ver o anel, já ficara sabendo: Sim! — Nos dias seguintes quer zarpar para o sul da França. Disse possuir, perto dos Pireneus, na região de Béziers, onde outrora os cátaros foram massacrados, uma casa encantadora, através da qual sopra o vento morno, e de pés descalços lá ele se permite cair no desleixo. O maravilhoso pão branco daquela região, e as vagens, e o magnífico vinho. E depois dar início à reta final: escrever o ensaio de abertura da exposição sobre a crueldade, sua oitava *grande* obra.

Ah! A França... Um grande povo. O fato de essas pessoas serem tão sensíveis a ponto de considerarem "cruéis" até mesmo deslizes linguísticos... "*barbarisme*"... Quanto a nós, nós, alemães, grosseiros e toscos, nas nossas regiões, o próprio clima já era

considerado "cruel". Essa palavrinha tão importante e assusta-
dora estava sendo arrastada para a trivialidade e desvalorizada
no país: "Hoje está um frio cruel"; para ele, poder dizer tal coisa
na Alemanha era, na verdade, uma afronta e abria margem para
que se tirassem conclusões sobre outras áreas dos sentimentos
dentro de nós, como a nossa capacidade de amar, que obviamente
não é lá muito forte. O amor como contraponto à crueldade?

Deveriam abandonar as muitas insignificâncias que faziam a vida
da gente aqui no norte tão azeda. O pessoal do jornalismo com críticos
idiotas, e o público de hoje totalmente abobalhado, e os funcionários
da prefeitura que verificavam os cálculos das diárias dele querendo
saber por que sempre ia de táxi para o museu, e aquele grande apartamento em Rahlstedt, será que era mesmo necessário, uma vez que
podia dispor de um pequeno apartamento no sótão do museu?

O dr. Kranstöver tinha em mente que Ulla Bakkre de Vaera
o acompanharia até a França, o grande Peugeot que ele possuía e
que logo mais dirigiria a fim de levá-la para casa talvez a conven-
cesse de que seria gratificante passar alguns dias com ele na França.
Primeiro, a deixaria cara a cara com o pequeno apartamento do
sótão; com isso, a atrairia e envolveria, para depois postar-se
diante dela e dizer: França. Via-se estirado na espreguiçadeira,
coberto pelos ramos de arbustos selvagens, o olhar voltado às
montanhas distantes; e além disso a imaginava saindo da casa
térrea, baixa, atravessando a soleira deteriorada, trajando uma saia
longa e sempre descalça, segurando um peixe grande ainda vivo,
que estava prestes a matar com uma faca... Ele conseguiria, tinha
de conseguir fazer com que aquela visão se tornasse realidade.

*

Ulla também pensava num peixe grande, mas de forma muito mais concreta. Aquele bico de meio período precisava chegar a um fim, era o objetivo dela, vinte e nove anos e ainda nada de emprego fixo? Por cima da taça de haste fina, examinava o patrão, que, olhando através dos óculos de lentes estreitas, cutucava a truta que o encarava com olhos esbranquiçados pelo cozimento, e a moça também se perguntava se ele, como Jonathan, deixava as meias em cima da escrivaninha, além de tampões de ouvido amarelecidos, moldados segundo o formato do canal auditivo? — Não usava prótese, isso ela já havia constatado. Era de esperar que não tivesse mau hálito.

Não considerava possível, disse Ulla então, que o chefe, a partir daquele amontoado de materiais que ela lhe fornecera, conseguisse montar uma exposição tão clara e convincente. A coragem de suprimir algo e a energia para juntar coisas amorfas e estabelecer um diálogo com o remoto. Se ainda pudessem pôr o México em ação, já se poderia falar de um resultado artístico, a "exposição como obra de arte", uma vez que não faria jus apenas às diferentes peças expostas, mas também as transformaria, reunidas numa colagem, numa declaração — de natureza muito diferente! — geral: segundo Ulla, chegava às raias da genialidade o modo como ele, ora dando um passo para a frente, ora retrocedendo, havia domado a gama de materiais para chegar a uma percepção clara e humana: o objetivo era que nunca mais se repetissem no mundo a injustiça e a crueldade.

E assim e assado?

Esse elogio despertou no dr. Kranstöver uma sensação de alegria, e este contou onde, quando e como havia organizado as outras sete exposições — que ia contando nos dedos da mão —, exposições que depois teriam sido um sucesso estrondoso, e também disse que Meckel era um incapaz, um incompetente de marca maior, e como ele tinha fracassado nessa empreitada de modo exemplar.

Meckel?, indagou Ulla, e graças a Deus que lhe ocorreu que o dito homem andava fazendo das suas lá em Bochum e também se lembrou por que aquele homem devia ser rejeitado. Ele não tinha até mesmo um problema na fala?

Já na hora da sobremesa, o dr. Kranstöver opinou que a crueldade seria um domínio especialmente masculino, talvez resultante do excesso de força ou da desocupacionalidade parcial — dizia "desocupacionalidade" —, fenômeno que não surgia na mulher, já que a mulher praticamente o tempo todo está ocupada com a procriação e, sensibilizada pela tarefa de chocar a ninhada, de certa forma é compassiva.

"Enquanto o homem fica sentado em frente à fogueira fabricando lanças, ela dá de mamar ao filho..."

"Nem sempre!", exclamou Ulla, nem sempre é assim, e tinha exemplos na ponta da língua que comprovavam o contrário: aquela comissária da Tcheka, não era Dora o nome dela?, em Minsk, e também a Ilse Koch, a besta-fera do campo de concentração — mulheres! Ai de nós, se atacassem! Acreditava que, num homem, quando se chegava a uma situação extrema, sempre ainda havia um resquício de justiça. Se ele apenas pensasse nas guardas de trânsito, aquelas recepcionistas uniformizadas que ficavam à caça de quem estacionava em local proibido. Quando essas mulheres distribuíam multas, a gente podia até se arrastar de joelhos implorando, era o mesmo que malhar em ferro frio.

"Mas, senhorita Ulla", disse o dr. Kranstöver, finalmente lhe agarrando a mão, "é que essas mulheres são as famosas exceções, trata-se de mulheres-machos, em cujas taxas hormonais alguma coisa não bate".

Ulla apertou a mão do homem, como se quisesse dizer "Bom dia!". "O que é que o senhor sabe de tudo o que uma mulher traz dentro de si?", falou, pensando em Charlotte Corday. Pensava naquela pintura de Jacques-Louis David retratando Marat assassinado dentro da própria banheira.

Assassinar!, pensou ela. Assassinar, por si só, ainda não é nenhum ato de crueldade. A questão é como se faz, e então refletiu que talvez tivesse de reordenar o seu arquivo. Moças uniformizadas, mulheres contra mulheres: Aquilo era um ponto de vista que ainda não considerara. Se não o fizesse, no final viriam para cima dela com a história da igualdade de direitos!

O restante da noite transcorreu com eles falando sobre aspectos secundários da crueldade, sobre delitos especiais no sagrado mundo das bem-comportadas classes médias, tais como rescindir o contrato de trabalho de mulheres grávidas ou o caso de fuga no trânsito, aquela especialidade bem peculiar dos homens, que, com desprezo, prosseguem a viagem enquanto alguém está se contorcendo na pista. Aqui se mostra o lado bem desprezível daquilo que o homem dito de bem é capaz.

Exigência extrema — será que também não seria uma forma de crueldade, mais tarde vamos refletir a respeito disso, disse o dr. Kranstöver. Na sua maneira de pensar, exigência excessiva também seria muito cruel, porque era dirigida contra os sentidos. Ater-se a determinados pormenores das leis, embora a plenitude da vida esteja ali à disposição?

Paralelamente, pensava no pequeno apartamento no sótão do museu, aquela fantástica vista abraçando Hamburgo inteira! E decidiu que já no dia seguinte o ofereceria à jovem.

# 8

Jonathan chegou pontualmente ao aeroporto, trajando um casaco leve de popeline de cor clara e uma gravata-borboleta de bolinhas. Pagou o táxi e entrou no prédio do aeroporto, que era equipado com antenas.

As portas automáticas se afastaram servilmente para os lados, e uma lufada de ar quente, com matizes melódicos, veio na sua direção. Painéis, como folhas de um livro em movimento, exibiam os mais recentes atrasos de voos. Jonathan passeou pelo saguão de assoalho brilhante, nada impressionado com a postura utópica das pessoas que ali pretendiam reservar umas férias baratas na Tunísia, pessoas fantasiadas de turistas, cujos filhos atendiam pelos nomes de Denis e Jacqueline.

Um turco passou em frente a Jonathan, dirigindo comodamente o carrinho especial que servia para polir o chão. O homem cantarolava baixinho. Aqui com certeza era mais agradável do que preparar a roça na infecunda Anatólia! Mais adiante, um apetrecho a jato cuspia uma emulsão branca que servia para eliminar a sujeira das solas de sapato do mundo inteiro: últimos insetos minúsculos corriam para salvar a vida.

No guichê do banco, Jonathan trocou dez moedas de cinco marcos, como lhe haviam aconselhado. Num quiosque, comprou jornais. E algo que o fez ganhar o dia: ao lado dele estava o jogador de futebol Manni Koch, o homem que no último campeonato europeu falhara na cobrança de pênaltis, ele estava precisando de lâminas de barbear. Haver encontrado esse homem, por si só, já valia a viagem.

No restaurante do aeroporto, como combinado, Jonathan encontrou a equipe da fábrica Santubara: a sra. Winkelvoss e Hansi Strohtmeyer. Já haviam imaginado que esse homem das letras, Deus nos livre, não conseguiria, que não daria conta, que pensaria ser só amanhã ou que já tivesse viajado ontem, embora no papel, onde se lia "ponto 1.13", estivesse muito bem indicado e marcado com tinta vermelha: "nove e meia no restaurante do aeroporto". Os dois se levantaram e ofereceram a Jonathan o lugar que ocupavam, embora ainda houvesse duas cadeiras livres à mesa: talvez estivessem mesmo um pouco decepcionados por ele ter aparecido, não se sabia ao certo.

A sra. Winkelvoss, de baixa estatura, radiante. (Ao vê-la, Jonathan ajeitou a gravata-borboleta.) Estava envolta numa blusa com babados e lenços esvoaçantes, que combinava com botas no estilo dos cavaleiros medievais, dotadas de fivelas douradas.

"O senhor encomendou esse clima tão bom?"

Hansi Strohtmeyer, o piloto corpulento, ficou meio de lado, quase tímido. Não era motorista, e a sra. Winkelvoss divertiu-se ao ver que Jonathan pensava que fosse; era, na verdade, um piloto de testes muito bem pago, um piloto de corridas. Três acidentes gravíssimos e ainda em perfeita forma. Havia competido no Saara, naquele super-rali, como era mesmo o nome, aquele durante o qual haviam morrido dezoito pessoas:

caminhões, motocicletas, carros pequenos, tudo misturado, passando sobre dunas moldadas pelo vento, passando em frente a caravanas de camelos, filmados por helicópteros; e na América do Sul ele atolara num rio.

Ambos comiam salmão defumado, cevado na Noruega com mingau de vitaminas, e conversavam sobre o chefe que concebera e organizara a viagem à Prússia Oriental e que enviava lembranças. Também mandara dizer que Jonathan deveria fugir do básico. Podia-se ver que ele tinha um dom para entender as realidades por ter mandado entregar ao rapaz um envelope com quinhentos marcos como adiantamento. Homens das letras nunca têm dinheiro.

Jonathan pediu um empadão e recebeu da sra. Winkelvoss, que usava um perfume agradável, uma pasta da fábrica Santubara com folhetos, mapas e o bilhete aéreo — "etc. etc. etc." — e também o passaporte contendo o visto. Embora os poloneses fossem pessoas extremamente agradáveis, bondosas, hospitaleiras, espirituosas, o pessoal da Santubara insistiu em incutir algo na cabeça dele, e que ele, pelo amor de Deus, não fosse fazer isso e aquilo em "Gdańsk".[6] E que não perdesse o passaporte, senão seria um inferno! Logo perceberam que ele era um tonto bastante simpático, do tipo que seria necessário pendurar o bilhete aéreo no pescoço, como se fazia durante a Segunda Guerra Mundial para identificar crianças transferidas de alguma zona de perigo.

---

6. Nome polonês da cidade que os alemães conhecem como Danzig. (N. T.)

Achava, dizia a sra. Winkelvoss, cujo primeiro nome era Anita, que era preciso prestar um pouco de atenção nele, e até o ameaçou com o dedo.

Pois agora queriam ir à Polônia, ou melhor, na verdade, à Prússia Oriental, portanto, a "regiões alemãs". Os três não viam a hora de começar aquele tour; afinal de contas, era uma coisa extraordinária, pois quem é que hoje em dia viaja à Prússia Oriental, com curiosidade de saber o que há para ver por lá. Dizem que as polonesas são belíssimas, mas três anos depois já estão bem desengonçadas.

"Não têm a mínima noção de que antes viviam alemães por lá."

Ainda precisa comprar algo? Cigarros? Band-Aids? Lá podemos ficar num beco sem saída?

Desnecessário. Os dois funcionários da Santubara sabiam de lojas especiais localizadas nos hotéis da rede Orbis nas quais era possível comprar o que bem quisesse em troca de moeda ocidental. Além disso, os poloneses não nasceram ontem: foram alardeadas histórias de compras ilegais, pão, manteiga, frios — uma porção de coisas, tudo junto, fazendo o câmbio, não chegava a mais de um marco e setenta e cinco, e as pessoas se sentavam no meio-fio e devoravam tudo.

Que trouxessem linguiça Cracóvia, não podiam esquecer. Uma linguiça como essa não existe em nenhum lugar da Europa!

Claro que haviam chegado cedo demais, tiveram de esperar uma hora e meia. Mais uma cerveja e mais uma cerveja.

À mesa ao lado, aquela família peculiar com a criança claramente portadora de deficiência mental que ficava balbuciando e babando sozinha? Será que queriam levar para algum lugar aquela criança, que não tinha controle sobre os movimentos do rosto e usava um capacete de couro contra ferimentos? O quanto isso não deve custar, perguntavam-se os três, imagine só, e na Índia as pessoas não têm nada para comer!

Sopa de tomate cremosa e filé mignon, frios servidos numa tábua de madeira: a sra. Winkelvoss consumiu, por menor que fosse, uma "montanha de sorvete", uma taça com sorvetes de cor amarela, marrom e verde, e em cima um pequeno guarda-sol de papel que ela lambeu e enfiou na bolsa; arrotou de forma encantadora e continuou a falar sobre "Gdańsk", sobre o que era preciso respeitar ali, ou seja, o que significava fugir do básico por lá, sempre repetindo o que ela própria precisava respeitar.

*Adiós, Madonna,*
*foi um tempo lindo de ver!*
*Adiós, Madonna,*
*mas te deixei desaparecer...*
*Nos braços dele agora és feliz*
*Deixei isso acontecer*
*Adiós, Madonna,*
*Não consigo mais me entender!*

A sra. Winkelvoss afastou as pulseiras e acendeu uma cigarrilha que parecia um cigarro. Uma última vez ainda ligou para Mutzbach, quando então pôde contar que avistara o jogador de futebol Manni Koch na cafeteria, aquele pobre rapaz que tinha perdido o pênalti, e nunca imaginara que fosse tão baixinho. Mas como era que podia enfrentar os grandalhões! O fato de Jonathan Fabrizius, esse singular homem das letras, ter tomado Hansi Strohtmeyer como motorista também precisou ser relatado, e essa história agora passava de boca em boca em Mutzbach.

Uma última vez Jonathan ainda tentou falar com a namorada, a despedida havia sido muito breve. Em casa ela não estava, e no museu não podia ser incomodada; presumiu que estivesse ocupada, examinando com o dr. Kranstöver uma coleção de quadros dos Estados Unidos. Representações de execuções na cadeira elétrica que, inacreditável, duram até dez minutos. Quadros nos quais os pintores tomaram como ponto de orientação os "tremedores de guerra" concebidos por Otto Dix.

A sra. Winkelvoss foi rapidinho "regar a horta", e Jonathan comprou água de Colônia, uma embalagem com dez frasquinhos. E em seguida a pequena equipe se dirigiu ao portão 39, onde tiveram de esperar mais uma meia hora.

Para ela, era uma sensação singular, disse a sra. Winkelvoss, ficar entre dois homens tão bonitos como estes.

No cubículo de revista de passageiros, Jonathan abriu o casaco como um exibicionista e agradeceu ao homem por ele estar ali cumprindo o seu serviço, devia ser tremendamente entediante. (Se o homem já flagrara alguém, não perguntou, certamente o policial estava cheio desse tipo de pergunta.) Na tela de controle de bagagens, tentou ver como era a sua bolsa numa situação de alheamento. Como sempre ocorria quando viajava ao exterior, Jonathan olhou com certa melancolia para os funcionários responsáveis pelo controle de passaportes.

Agora se deslocaria para um território estrangeiro, como visitante, ou seja, era preciso calar o bico em vez de se exibir: ter iniciado uma guerra mundial, assassinado judeus e tomado as bicicletas das pessoas na Holanda — nesse baralho tinham cartas muito ruins. Por que ele tinha se envolvido nessa viagem? Ainda dava para voltar?

Jonathan separou-se dos seus companheiros de viagem e sentou-se de costas para a janela panorâmica — ali, sem ser incomodado, conseguia observar as pessoas que, por sua vez, queriam ver como os aviões a jato passavam na pista de pouso e também aqueles carros especiais esquisitos, extremamente largos, mas minúsculos, correndo de um lado para o outro, "bem movimentados", e o blindado da guarda alfandegária assando em pleno sol. As pessoas que aqui esperavam o embarque para Danzig tinham uma aparência diferente daquelas criaturas utópicas encontradas na área de check-in, não eram tão elegantes, pareciam mais rurais — um pouco assim como as *madkas* russas, aquelas mãezonas que voam de Tiblissi para Moscou para lá vender dois quilos e meio de morangos. Aquelas pessoas tinham uma cara estranha, *"strange"*, como Jonathan formulou para si mesmo: uma criança polonesa com um enorme urso de pelúcia cor-de-rosa debaixo do braço, com uma musiquinha gravada: *"Happy birthday to you..."*, e um homem com sapatos de couro branco. Uma mulher trazia na cabeça um chapéu vermelho, com o qual não teria chamado a atenção se o tivesse usado em Munique como turista canadense, mas aqui, em vista da gravidade da situação, parecia estranho, até mesmo uma babaquice. O olhar do rapaz ficou mais tempo fixado numa mulher idosa toda de preto. Talvez tenha sido obrigada a se esconder durante a guerra? Ou depois da guerra tinha mantido uma alemã como escrava? Ou seria uma alemã que queria ver a propriedade dos pais, na qual prisioneiros de guerra russos haviam sido acomodados dentro de um galpão de madeira?

Todos os poloneses que viajavam daqui para a terra natal tinham algumà coisa na bagagem que na verdade não podiam levar consigo. Em Hamburgo eram atrevidos; afinal de contas, os alemães haviam arruinado o país deles e ainda não pagaram nenhuma reparação. Agora, com a perspectiva de em breve dar de cara com policiais alfandegários poloneses, aquelas pessoas pareciam mais abobalhadas, na verdade, mais sonsas do que realmente gostariam de ser.

A aeronave da companhia LOT estava estacionada na margem extrema do aeroporto, como em quarentena, e causava uma impressão estranha, não era um Boeing, e sim um modelo russo bem parecido com um Boeing, mas, a bem da verdade, visivelmente diferente; faltava aquele toque final, o design ocidental ou como queiram chamar, ou seja: um pouco curto demais na frente da empenagem e uma protuberância sob a cabine de comando como um queixo duplo. E dentro do avião os assentos não numerados!, o que foi logo motivando um empurra-empura. "Às vezes a gente vê até galinhas no corredor", alguém contou.

Jonathan enfiou o casaco no bagageiro, de onde moedas de cinco marcos voaram em cima dele — e tratou de se espremer no assento.

"Mas isso são assentos para pigmeus!"

Logo atrás, alguém empurrava os joelhos nas costas dele, e da frente vinha um cheiro de alho! E em seguida um sujeito de tipo caucasiano se sentou do lado, com dentes prateados, um daqueles que abatem cordeiros, degolam-nos e os deixam sangrar até o fim, um chapéu de astracã na cabeça e uma bolsa disforme nos joelhos: Não se conformava que Jonathan fosse sentado à janela. Com esse homem magnífico, cuja comida preferida devia ser manteiga rançosa, não houve conversa, e logo travaram conflitos por causa do espaço de apoio para os braços. Hansi Strohtmeyer e a sra. Winkelvoss se sentaram mais à frente, ao lado da saída de emergência, o "ponto de ruptura predefinido", como disse o piloto de corrida, brincando. Quando Jonathan, antes da decolagem, ainda foi rapidinho ao banheiro, o brincalhão gritou na direção dele: "Ainda não chegamos!".

Enquanto voavam sobre o Báltico, a paz voltou a reinar — no estilo da Companhia de Serviços Marítimos da Prússia Oriental —, o Ocidente civilizado afundava, o tosco leste se aproximava. Jonathan pensou nas igrejas góticas de tijolos vermelhos que ainda hoje, como há séculos, têm a frente voltada para o oeste. Veio à mente o slogan: "O Báltico é o mar da paz", e imaginou navios em prol da reconciliação dos povos enfeitados com bandeirolas coloridas, levando trabalhadores, entoando canções, de cá para lá e de lá para cá, gritando *druzhba*![7], bife de porco empanado e batatas fritas, foguetes celebrando a filantropia durante a noite, acompanhados de canções ao violão tendo como tema o povo, que no fundo não quer saber nada de guerra, fazendo um trabalho em vão nessa

---

7. "Amizade" em russo. (N. T.)

água barrenta, em cujas profundezas estão à espreita submarinos que talvez se aproximem bem, bem, bem silenciosos dos escolhos situados no país da paz, a Suécia — pôr rapidinho o periscópio para fora, pronto, pôr de novo para dentro —, e deleitem-se nas fendas das rochas onde não deveriam estar: abrir uma tampa e deixar sair tanques anfíbios, montar depósitos para o que der e vier...

"Quando tivermos a Suécia, a Finlândia cairá, por si só, no nosso colo."

Nesse instante, navios cargueiros saíam do país da paz, transportando uma misteriosa carga sob capas de lona marrom, obuses de longo alcance, minas terrestres equipadas com fusíveis de retardo e minifoguetes que poderiam ser lançados por qualquer criança, com os quais se podem abater, no céu, jumbos lotados de turistas e empresários: material bélico destinado a países amigos, para que possam se defender dos inimigos da classe operária pelos quais são atingidos com armas semelhantes, contra Estados com modelo imperialista que os queiram dominar ou explorar ou escravizar. Jonathan lembrou que os fotojornalistas ainda acabavam conseguindo encontrar, nos locais de acidentes aéreos, um boneco de braços arrancados que servia para estamparem nos jornais em grande formato, e que o texto sempre era este: "Ainda estão desaparecidas sete pessoas"; e sobre elas nunca mais a gente fica sabendo se depois reapareceram, talvez sentadas num restaurante tomando cerveja para festejar a sobrevivência ou talvez vagando no meio do mato com apenas um pé de sapato e com a camisa esvoaçando ao sabor do vento. As revistas mostravam bonecos destroçados com grandes olhos sonolentos e interrogativos, nada de crânios humanos esmagados, porque elas sublimemente passavam por cima do cruel. Fotos de crânios esmagados e mãos decepadas eram guardadas em depósitos: Jonathan refletia se não poderia alguma vez ter acesso a esses depósitos com a ajuda da carteira de jornalista, sob algum pretexto, e depois escrever um ensaio sobre "imagens que esconderam de nós".

Jonathan olhou para baixo na direção do turbulento mar verde-cinza, ficou imaginando como devia ser difícil navegar num barco a remo com uma criança na parte da frente, a mulher atrás, varando a noite através dessas águas bastante caudalosas: Fuga! A certidão da aposentadoria numa bolsa impermeável? E depois sai no jornal de Gedser, na Dinamarca: "... pessoas totalmente sem forças foram resgatadas das águas glaciais...".

E depois, no lado alemão, em Schleswig-Holstein, os funcionários diante de garrafas térmicas, sujeitos que deveriam ser chamados, de acordo com o caso, de idiotas ocidentais ou jumentos ocidentais: "Por que você assumiu esse risco? Fique sabendo que aqui, no lado ocidental, nem tudo o que reluz é ouro! O que foi que passou pela sua cabeça?". E talvez ainda até levar um processo por causa da criança cuja vida foi exposta a risco de forma irresponsável? Afinal de contas, vivemos num Estado de direito?

Jonathan também imaginou a outra fuga, em 1945, os grandes navios a vapor, arfando, carregados de refugiados até o tombadilho e inclusive no refeitório de mogno, uns por cima dos outros, sopa de ervilha e pão seco, as mulheres com lenço na cabeça, os mais jovens com gorro de esquiar: Cada um só pode levar uma mala, favor deixar os carrinhos de bebê em terra.

*Então preciso, então preciso partir para a cidade...*

Também era preciso abandonar, no cais, carroças com tração a cavalo carregadas de caixas e caixotes contendo, por exemplo, tinas de madeira para preparar a massa de salsichas, utensílios domésticos que haviam sido arrastados por estradas cobertas de gelo, além da cômoda e do relógio de pêndulo. Mas podiam levar a pequena pasta com as joias, o relógio de ouro do avô, a ametista e a esmeralda que talvez sequer fossem autênticas.

"Vamos já cuidar dos cavalos!", dizem os soldados.

Mas realmente causa muita dor abandonar os dois cavalos baios; baixaram a cabeça, parecia um pouco uma traição: e os animais acabam entendendo que foram deixados na mão. E as terras dos avós à beira do rio? Era um solo bom. Deixaram os porcos e o gado na sala e espalharam ração pelo chão.

Jonathan não esquecia o submarino da Frota Vermelha que escolhera como alvo o maior navio de refugiados. E o comandante russo gritou: Atacar!, e então se ouviu um estrondo, e o navio pendeu para o lado, com tombadilho, piscina e refeitório de mogno, as vasilhas escorregando para o chão e os talheres, e aí não houve apresentação de coral nenhum!

*Mais perto, meu Deus, de Ti!*

Dezoito graus abaixo de zero, as pessoas pularam na água, onde depois foram esmagadas por blocos de gelo, pernas decepadas, cabeças decepadas. E o comandante soviético do submarino recebeu uma condecoração por esse ato heroico e ainda hoje fica feliz, enquanto alimenta os pombos em Leningrado, por ter conseguido acertar tão bem o alvo. Caçadores de tesouros não perdem tempo com os destroços desse naufrágio, pois, além de esqueletos, nada mais encontrariam no fundo do mar, a cinquenta e cinco metros de profundidade, no máximo uma pasta com o relógio de ouro do avô, esmeraldas e ametistas que talvez nem sejam autênticas. Nada de lingotes de ouro, nada de salão de âmbar, ali, além de ossadas, nada mais há para se buscar, todo e qualquer investimento seria jogar dinheiro fora.

Esquisito, pensou Jonathan, que não seja colocada acima do local do naufrágio uma boia indicando "em memória das 5438 pessoas que aqui encontraram a morte"; do ponto de vista técnico, bem que dava para fazer? — Sem passar uma borracha por cima, não se pode suportar a vida, refletia, e ao mesmo tempo imaginava o tio levando a mãe morta para dentro da igreja, aquela mulher que foi desta para melhor, que sequer foi registrada como dado estatístico, que somente tinha a duração de uma foto instantânea e, mesmo assim, apenas de vez em quando.

Jonathan olhou para baixo na direção do Mar da Paz. Que pena não nos informarem se aquilo lá embaixo ainda é Mecklenburg ou se já é a "Polônia"! Havia uma cidade lá embaixo, provavelmente "Szczecin" às margens do "Odra" ou, quem sabe, "Kohlwietze", ou como era mesmo o nome que os poloneses davam a Kolberg? Uma cidade em cujo centro se via entronada uma deusa nórdica que precisava ser retirada das profundezas, trazida a lume, para que a humanidade pudesse se regozijar? Agora não dava para divisá-la devido aos gases tóxicos soprados lá embaixo na atmosfera. "Szczecin" — na Conferência de Ialta não tocaram no assunto; os poloneses a enfiaram no bolso, quando na verdade ela ficava deste lado do rio Oder. Talvez um dia apareçam as consequências ruins? Talvez um dia mais uma vez seja preciso fazer as malas e evacuar toda a área "em no máximo uma hora"?

Também se via um rio, cada vez mais largo e mais largo, transportando uma sujeira amarela para despejá-la no mar.

Agora as aeromoças trouxeram um lanche que satisfazia ao padrão ocidental: sanduíches envoltos em celofane e até uma barrinha de chocolate. Jonathan guardou o chocolate. Poderia dar o chocolate para crianças polonesas comerem. — O café tinha um gosto estranho. — No tocante às aeromoças: não se podia falar de grande beleza; durante o desenvolvimento delas deviam ter pulado a etapa de Afrodite e bem cedo já haviam ficado desengonçadas.

A sra. Winkelvoss, duas fileiras à frente, também guardou o chocolate. Uma embalagem enfeitada com flores! Levaria o doce para o chefe, para ele ver como o pessoal aqui ainda está atrasado, comoventemente atrasado. Bastante animada, conversava com Hansi Strohtmeyer sobre o chefe de departamento que concebera a ideia da viagem promocional ao leste que agora preparavam, com aqueles moderníssimos motores oito cilindros tendo cidades decadentes como pano de fundo; era um homem bastante enérgico e com um lado bom. Além disso, repetia o que primeiro deveria ser feito em Gdańsk e, pelo amor de Deus, não esquecer nada. O sr. Strohtmeyer quis saber se ela vira o jogador Manni Koch? Aquele cara que havia perdido o pênalti? O piloto entrara no banheiro junto com ele; parecia uma pessoa bem normal.

Agora a sra. Winkelvoss se virou e, fazendo mímica, perguntou a Jonathan se estava tudo bem?

Sim, está tudo bem, respondeu Jonathan, gesticulando, vamos dar conta!

O sujeito caucasiano ao lado desdenhou o moderno lanche da LOT envolto em papel celofane. Carregava um salame e um pão e cortou grosseiramente algumas fatias com um canivete. As mulheres deviam estar cantando nos campos de algodão, Saleika era a mais bela.

# 9

Danzig, primeiro polonesa, depois alemã, depois livre, depois novamente alemã e, por fim, novamente polonesa. O aeroporto de Danzig era um galpão onde se lia numa placa "Gdańsk", totalmente desprovido de jatos em movimento e ávidos carros de formato grotesco.

Era como se Bad Zwischenahn tivesse um aeroporto, imaginou Jonathan. E Hansi Strohtmeyer disse: "E o que é que fazem aqui durante o inverno?".

Um povo, um Reich, um Führer! Kniebolo, como Hitler foi apelidado, com um quepe de aviador na cabeça, desce do Junkers Ju 52 segurando o chicote de couro, e todos os alunos das escolas escrevem uma redação: "O Führer acima da Alemanha".

*Aos aviões, aos aviões!*
*Camarada, não há retorno!*

Paraquedas deslizam para fora da fuselagem, um após o outro, e os oficiais se deslocam como pêndulos para o chão, a faca dobrável no bolso lateral da calça. Em Creta os agricultores furavam os olhos dos feridos...

A mulher de chapéu vermelho e a criança com o urso de pelúcia cor-de-rosa: um menino extremamente malcriado. A áspera língua polonesa: mais ou menos assim a língua alemã deve ter soado aos franceses naquele ano de 1940. A senhora idosa, passando ao largo dos controles, foi apanhada no aeroporto por uma limusine russa cujo chofer tirou o quepe quando ela entrou no carro.

Demorou até a bagagem ser entregue. Um único homem era responsável por esse trabalho, manualmente; ele havia se instalado diante dos carrinhos enferrujados. Bem que a gente gostaria de poder ajudar a empurrá-los com as bagagens. No saguão as pessoas ficavam sentadas como num cinema, muita madeira compensada e muito linóleo, e na parte da frente era preciso fazer uma visita aos funcionários da aduana para revistarem as malas, demoravam mais nas malas das mulheres que nas dos homens: A delegação de Hamburgo, por favor, por último. Os jovens soldados dentro das cabinas de papelão, controlar os passaportes folha por folha — o quê? Nova York? — e anotar os valores em dinheiro que esses estrangeiros malucos traziam consigo, e registrar as câmeras, números de série etc., para não serem traficadas ou quiçá trocadas por mercadorias valiosas no país e assim incomodar o equilíbrio socialista preservado com tantos sacrifícios. Por exemplo, âmbar em troca de calculadoras ou pele de raposa prateada que a pessoa põe em volta do pescoço para ir à Ópera de Frankfurt.

E produtos de charcutaria.

A trupe da Santubara realmente ficou por último. Se queriam vale-gasolina?, foram indagados. A sra. Winkelvoss achou fabuloso, não havia nada a dizer contra os vales-gasolina, assim pelo menos não poderiam roubar dinheiro da pessoa; e, quem sabe, com esses vales a gente não seria até atendida mais rápido nos postos? E comprou vales que davam para uma viagem de volta ao mundo, embora Hansi Strohtmeyer, o tempo todo, estivesse fazendo sinais para ela desistir!

Um enigma o motivo pelo qual não introduziam isso na Alemanha!, disse a sra. Winkelvoss, seria possível fornecer gasolina mais barata aos trabalhadores e tirar um pouco de dinheiro dos proprietários de fábricas e dos chefões. Vales-gasolina em diferentes cores — e de alguma maneira regular a poluição ambiental. É uma maravilha cada polonês só receber trinta litros de gasolina por mês; vai ver que nem precisam de mais gasolina que isso, pois, se precisassem, com certeza receberiam mais.

Num tom conspiratório, primeiro cochichou no ouvido de Hansi Strohtmeyer e depois no de Jonathan. O câmbio no mercado negro que tinha conseguido durante o verão: mil zlótis = dez marcos; e Hansi Strohtmeyer contou sobre o Marrocos, que lá também dá para trocar dinheiro num bom câmbio, mas às vezes é falso, e emendou essa história com uma das famosas piadas sobre o ex-primeiro-ministro Helmut Kohl, que falava de uma cadeira elétrica que não funcionava.

Também conhecia piadas polonesas: "O que há nesta loja, meu senhor?" "Não há camisas; sapatos não há na loja vizinha".

Passada uma hora, a sra. Winkelvoss disse que em Hamburgo o desembarque às vezes também demorava muito, e uma vez, na Turquia, tinha passado uma noite inteira no aeroporto. No Egito, continuou, as pessoas eram incrivelmente amáveis; mas os árabes em Abu Dhabi, durante uma escala, tinham sido terríveis. Como personagens saídos das *Mil e uma noites*.

Hansi Strohtmeyer brincava com uma caixa de fósforos, jogando-a para cima e aparando-a de volta. Quando já havia repetido isso bastantes vezes, tirou um palito da caixa, partiu-o e começou a cavoucar os dentes.

Após mais uma meia hora, a sra. Winkelvoss afirmou: "Os poloneses não sabem mesmo organizar... Acho bacana". Havia tirado os sapatos e estava exercitando os dedos dos pés. Jonathan observou aqueles pezinhos firmes.

Lá fora eram esperados como tios ricos dos Estados Unidos por jovens que mendigavam cigarros, perguntavam sobre calculadoras e queriam trocar dinheiro; também apareceu um polonês especialista em viagens, a quem Hansi Strohtmeyer apelidou de "vovô", com um distintivo na lapela, um enviado do Ministério do Turismo que deu as boas-vindas à pequena equipe. Corria o boato de que antigamente aquele homem fora general e não andara lá muito nos trilhos. Fora general, mas ficara preso por algum motivo, depois havia sido solto e agora atuava na área de turismo.

No estacionamento havia dois fantásticos automóveis Santubara com motor de oito cilindros e pneus com banda de rodagem extralarga, transportados através da República Democrática Alemã e agora pontualmente disponíveis e limpinhos depois da lavagem. Os técnicos cumprimentaram o herói das pistas Hansi Strohtmeyer e Anita Winkelvoss, a engraçadinha, e olharam para Jonathan com curiosidade: Pois esse então era o homem que havia pensado que o grande Hansi Strohtmeyer era um motorista. Strohtmeyer escolheu um dos dois possantes; no outro, os técnicos os acompanhariam, para o caso de alguma eventualidade.

O general polonês seguiu à frente, num Lada, e a equipe da Santubara atrás, nos fabulosos carros, de mansinho, como representantes da raça superior, em máquinas superpotentes que não precisam ser conduzidas em alta velocidade. Jonathan estava curioso para ver as experiências que passaria a ter. Sentiu-se feliz por ter se metido naquela aventura bem-organizada, e logo lhe vieram à mente aqueles carros supercompridos dos norte-americanos, aqueles carangos pretos da marca Lincoln que desfilam defronte ao Waldorf-Astoria e de onde desce uma mulher com um poodle branco a tiracolo na intenção de comprar rapidinho uma caixa de bolo.

Desse modo, foram na maciota até Gdingen em vez de Danzig — o pessoal que ia no Lada não parava de olhar querendo saber se estava acontecendo alguma coisa por estarem dirigindo ali com tanta lentidão —, porque em Danzig não tinha sido mais possível conseguir acomodação, o que o general do turismo considerou lamentável, embora a reserva já tivesse sido feita meses antes. Um hotel com padrão ocidental, bar e todos os extras, porém não havia mais quartos livres.

Viram muitos carros parados na beira da estrada e outros sendo empurrados. Empurrar carros coletivamente? A sra. Winkelvoss achou fabuloso como as pessoas aqui ajudam umas às outras. Algo assim não haveria no lado ocidental! Um carro da Santubara não precisaria ser empurrado, isso estava claro; e como todos os carros novos, fedia a clara de ovo estragada, mas na parte da frente, no painel de instrumentos, ficava o "marcador digital": era uma coisa fantástica, uma tela minúscula mostrando que estava tudo em ordem, que em lugar nenhum havia uma luz acesa sem necessidade e que nenhuma porta

havia ficado aberta. E em seguida: bim-bim, o "São Bimbão",
se alguém fizesse algo errado.

Jonathan não teria imaginado associar o nome polonês de
Gdingen ao topônimo alemão "Gotenhafen": depois da guerra
a cidade havia sido reconstruída a partir dos escombros.

O saguão do hotel de padrão ocidental era decorado com
imponentes flores artificiais e repleto de enormes poltronas de
couro sintético. Um bando de escandinavos totalmente bêbados vinha na direção deles; haviam vindo daquele país bem
lavadinho e limpo só para encher a cara bem barato por aqui.

De fato, o hotel era razoavelmente confortável, ainda que a
piscina ficasse fechada à noite, como lhes havia comunicado com
a respiração ofegante o general do turismo, e ainda que fosse
necessário entregar o passaporte na hora de se recolher. Algo
assim a gente consegue tolerar, mesmo que possa parecer uma
emasculação para pessoas sensíveis e causar surtos de ira em
pessoas coléricas. Mas Hansi Strohtmeyer tivera experiências
bem diferentes no Saara! Será que ali davam cinquenta mil zlótis
em troca de dez centavos de marco, gostaria de saber.

*Złoty* é pronunciado como "zuóti", informou a sra.
Winkelvoss. Achava as cédulas polonesas "de algum modo
bacanas". Também achava "de algum modo pitoresco" ter de
esperar duas horas para fazer uma ligação internacional, não é
como na droga da República Federal da Alemanha, onde tudo
funciona e onde a gente é atazanada por qualquer coisa. Afinal
de contas, não poder ligar direto para a Alemanha, precisar
fazer isso com a ajuda de uma central telefônica, não é o fim
do mundo, a gente acabou de chegar de lá.

"Acaba dando certo."

O general despediu-se, desejando tudo de bom à equipe. Se fosse necessário, era só ligar. Ficou chocado ao saber que o faturamento anual da fábrica Santubara era consideravelmente mais elevado que o pib de toda a Polônia. Então, portanto, toda aquela trabalheira socialista fora em vão, inclusive a insurreição que lhe custara seis anos e a atividade de espião que agora era obrigado a encarar.

Um porteiro, que não sabia bem ao certo se era alemão ou polonês — como ele mesmo disse —, acompanhou o grupo até o elevador que tinha uma porta forjada com rosetas e sacolejava de andar em andar. Os três ficaram hospedados em quartos localizados diretamente um sobre o outro (por causa do equipamento de escuta clandestina). Naquela oportunidade ficaram sabendo que o câmbio do marco estava na proporção de um para cento e cinquenta zlótis e que dava até para conseguir um para trezentos e sessenta se a pessoa soubesse negociar; portanto, tudo maravilhoso e tremendamente animador.

Quanto aos quartos, eram bem normais. O fato de o tecido do estofamento das cadeiras estar desgastado também pode ser observado em Frankfurt, e cortinas de hotéis no mundo todo são horríveis. No banheiro havia até um sabonete e um xampu verde com cheiro de alcatrão num travesseirinho de plástico! As toalhas de mão tinham um cheiro meio rançoso, mas, fosse como fosse, a tv transmitia dois canais, o que estava de bom tamanho — embora seja engraçado o povo da série *Dallas* falar polonês. E tudo em preto e branco? Mas, de qualquer modo, preto e branco era até avançado. O povo ali já estava cheio de "cor" até a tampa.

Jonathan foi até a janela. Lá embaixo, homens vagavam no estacionamento, mexendo nos carros estacionados, enquanto o funcionário olhava noutra direção. Não ousaram se aproximar dos dois oito cilindros com duplo sistema de injeção, ali se encontrava um dos dois técnicos com um alicate na mão.

No estaleiro estava ancorado um veleiro tradicional e, um pouco mais afastado, um navio de guerra que, se tudo não passasse de um engano, devia se tratar do navio de guerra pacífico lá de Hamburgo. Jonathan pensou na península de Westerplatte, sobre a qual o tio contara que, dez anos depois do final da guerra, soldados alemães ainda ficaram escondidos num bunker. Teriam vivido dos suprimentos e por fim, como se fossem axolotles, saído cambaleando para o campo aberto. Havia sido ali que o navio de linha Schleswig-Holstein, aquele troço da Primeira Guerra Mundial, dera o primeiro tiro da Segunda e, em 1945, também o último.

Ocorreu a Jonathan que o tio se parecia com Julius Streicher, que engraçado, até o bigodinho e as calças de montaria.

Mas de caráter impecável.

"Pois bem, nos encontraremos às quinze horas", foi o combinado. Depois de "ter se asseado", como dizia a sra. Winkelvoss, Jonathan desceu do quarto. No saguão do hotel, trocou duas moedas de cinco marcos com um homem inexperiente e recebeu uma porção enorme de zlótis, e cada nota ele tirava, bem amassada, do bolso da calça, e de repente Jonathan ficou rico como o rei Creso. Quando os outros chegaram, disseram: "O quê? Já trocou dinheiro?". E mais: Moedas de cinco marcos? Não haviam tido essa ideia. Embora já tivessem estado no Egito e no Marrocos e comido melancias no Mali por cinco centavos cada, não pensaram nessa possibilidade. Então o sr. Fabrizius não era nada daquele homem sem experiência de vida? O fato de as moças na recepção estarem cochichando umas com as outras não tinha nada a ver com aquele ato ilegal envolvendo dinheiro; era por causa da gravata-borboleta dele, acharam muito engraçada. Voltar alguns passos e tomar nota, isso ficaria muito bem no relatório...

Hansi Strohtmeyer assumiu um dos carros dos técnicos, e um dos dois homens, que se chamava sr. Schütte, deu explicações sobre o marcador digital na parte da frente, no painel de instrumentos, aquela minúscula tela com símbolos para cintos de segurança, portas e faróis, e, claro, sobre o minicomputador de bordo embutido: quanto tempo de rodagem, quantos quilômetros, quantos litros de gasolina abastecidos etc. Sem esquecer o consumo médio.

No carro mais uma vez recém-lavado, entraram numa avenida de Danzig. E, enquanto transitavam em frente às mansões, ultrapassando bondes superlotados e caminhões com a carga pendendo meio para o lado, o computador de bordo registrava todos os dados necessários; fatos sobre os quais, na verdade, não é necessário saber, mas que acabam tendo um efeito tranquilizador: à esquerda o estaleiro Lênin — "o louco Monumento à Solidariedade, ainda vamos dar uma olhada nele, talvez acabe sendo um pouco da programação cultural?" — e à direita mansões, ainda da época dos fundadores do Império Alemão, nas quais provavelmente haviam morado comerciantes de carvão mineral ou até mesmo armadores? "O quê? Refugiados?", dissera a esposa do armador em fevereiro de 1945. "Não, não podemos abrigá-los", e três dias mais tarde eles próprios tiveram de deixar a cidade às pressas para o oeste... *Stories* que não interessam a nenhum computador no mundo todo.

SOPOT, leu Jonathan numa placa de rua, e uma imagem da cidade de Zoppot, lá do seu livro de geografia, passou rápido pelo cérebro, um pavilhão na praia com uma banda de jazz tocando...

*Quando o lilás branco voltar a florar...*

Se fosse polonês e tivesse tido o direito de falar algo àquela época, no ano da vitória da pátria, teria então mudado os topônimos alemães de modo que fosse impossível identificá--los. "Sopot"? Qualquer pessoa logo capta que esse lugar já se chamou Zoppot! "Klatschi" seria o nome que daria àquele lugar, ou... como é que se diz "raio de sol" em polonês? Talvez tivesse partido disso. — SOPOT, que coisa mais barata, isso decepcionou Jonathan.

Inesperadamente surgiu a igreja de Santa Maria por cima dos telhados: ali estava ela, a deusa nórdica, mais delicada do que imaginava, nada de traços fortes, muito mais "graciosa". O número sete na coletânea de igrejas de Jonathan, e, vapt-vupt!, já desaparecera.

Onde devia ficar o prédio do Correio polonês, onde os bravos funcionários poloneses perderam a vida, não era para estar em algum lugar por aqui? E a rua que Hitler atravessou de carro naquele dia? Flores em cima de flores? Saudamos o nosso Führer, *Sieg Heil*?

Circularam em torno do centro histórico com a igreja de Santa Maria e as suas belas irmãs e estacionaram diante do hotel Orbis, onde já se encontrava o carro de acompanhamento técnico. Ali era possível comprar uísque e cabeças de homens esculpidas em madeira. Também podiam presumir que haveria linguiças Cracóvia.

Separaram-se. Afinal, cada um tem suas próprias ideias de passeio pela cidade, e não se pode ficar o tempo todo andando uns colados nos outros.

A sra. Winkelvoss advertiu Jonathan para anotar bem bonitinho tudo o que aparecesse e sempre fugir do básico. Foi ao telefone para ter uma conversa séria com o general asmático do Ministério do Turismo, pois uma determinada coisa tinha sido acertada, e agora brancas nuvens?

Strohtmeyer já desaparecera.

O chefe dos territórios ocupados pelo Reich em Danzig não se chamava Foster?

Jonathan não pensou duas vezes e foi à igreja de Santa Maria. Se fosse preso e deportado pela polícia por causa dos zlótis ilegais ou devido ao mapa em alemão, pelo menos não teria deixado de ver a deusa nórdica número sete. Em vez das muitas torrezinhas teria sido melhor construir uma única e grande torre... pensou Jonathan, enquanto contornava o edifício de tom vermelho castigado pela idade. Bem em cima da cumeeira pairava um pedreiro rebocando rachaduras.

E então entrou na casa de Deus, misturou-se aos marinheiros e estudantes, donas de casa e expatriados, repetiu três vezes o percurso da visita, primeiro com a cabeça virada para cima — como fazem os turistas em Nova York — e depois olhando à esquerda e à direita para verificar se havia algo magnífico a descobrir.

"Olha ali, mamãe, era ali que antes ficava o relógio astronômico!", ouviu uma senhora de setenta anos dizer a uma anciã caduca que ela segurava pelo braço. As duas faziam parte do grupo de expatriados e banidos das regiões orientais, a anciã queria rever ainda uma última vez, sem muitos gastos, as construções da cidade natal e em seguida morrer. Não imaginava que ainda fosse realizar isso!

Com a câmera de bolso, Jonathan tirava fotos das abóbadas pintadas de branco. Devia ser aberta na parte superior, a igreja, pensou: um telhado de vidro. Mas assim também seria "fechada". O caminho rumo ao céu está "fechado", refletiu. Também tivera ideias semelhantes ao ficar diante do tríptico de Hans Memling, o *Juízo final*, aquele ciclo elipsoide do Bem e do Mal. O arcanjo no centro segurando a balança na mão e acima, ao lado do Deus trino, os intercessores à esquerda e à direita. Os intercessores à esquerda, pensou Jonathan, quando vão arrumar as coisas e passar para o outro lado? Mas precisam fazer isso a tempo, senão cairão juntos no abismo do inferno! Também pensou na sorte peculiar daquele quadro: destinado à Holanda, apreendido no mar e trazido para Danzig, roubado por Napoleão, levado para Paris e posteriormente transportado de volta numa carroça barulhenta puxada por cavalos. Quantos quadros não terão sido perdidos nessas ações ousadas, a Reforma, a fúria iconoclasta ocorrida na Guerra dos Oitenta Anos: os altares despedaçados e jogados na fogueira. Talvez as maiores obras já tivessem sido perdidas havia muito tempo, e a gente se contentasse com cópias? Que pessoas seriam aquelas que despedaçavam altares góticos ou românicos? Muito provavelmente homens das SA medievais. Representações do inferno: ainda seria uma boa dica para a namorada em Hamburgo, será que ela havia pensado nisso?

Jonathan comprou uma reprodução quadricolor do *Juízo final* de Memling para Ulla. Além disso, fotografou tudo duas e até três vezes para se precaver: assim tinha a garantia. Infelizmente, na entrada não havia nenhum "texto explicativo" do qual pudesse depreender a altura, a largura e a idade da deusa. Com a ajuda de uma guia, ainda conseguiu obter a informação de que a igreja de Santa Maria é a maior igreja de alvenaria do mundo, com cento e cinco metros de comprimento, sessenta e seis metros de largura, 4115 metros de superfície — área suficiente para abrigar vinte e quatro mil pessoas. Pelo menos os expatriados não chamavam a atenção naquele espaço enorme. Tinham se apertado num canto e refletiam se podiam cantar ali uma canção de dias distantes. "Por tua mão me guia", na verdade, seria algo inofensivo? Mas era melhor não, senão talvez se rasgassem os fios da compreensão entre os povos, tecidos com tanto sacrifício. Era melhor esperar um pouco mais antes de dar esse passo.

Ao sair, Jonathan sacrificou uma nota de mil zlótis — ainda deu uma circulada extra para ficar sabendo se era muito ou pouco dinheiro; calculara vinte e sete marcos e cinquenta, o que, como alguém lhe explicou lá fora, foi um triste equívoco — e depois saiu flanando pelas ruas reconstruídas. Havia algo de errado naquela cidade restaurada, as casas pareciam exatamente como as das fotografias antigas, tudo na mais perfeita ordem, mas davam a impressão, como na lendária cidade de Vineta, de estar no fundo do mar. Também não ajudava muito terem rodado o filme *Os Buddenbrook* aqui. Quando Jonathan, próximo ao Portão Verde, uma peça renascentista impecavelmente restaurada, olhava-se na vitrine de uma lojinha de souvenirs, três ciganas vieram voando na direção dele: uma bem velha com lacunas largas entre os dentes, uma mais jovem e uma adolescente. Essas três pessoas esquisitas, que aqui na Polônia provavelmente se alimentavam de ouriços assados numa panela de barro metida em cima de uma fogueira aberta, o tinham como alvo direto. Apertaram o cerco em torno dele num alemão macarrônico: "*Alemón*? Ah, *Alemona*, país *bonita...*". Queriam lhe apresentar um número artístico, pois ele tem senso de humor, não tem? Queriam mostrar como em poucos segundos haveria dentro da carteira, que precisaria pôr rapidinho na mão delas, mais dinheiro do que antes, isso se fosse uma pessoa que gosta de se divertir, o que supunham, pois parece engraçado com essa linda gravata-borboleta e ainda por cima é *alemón*?

Jonathan se afastou, saltou para dentro da loja de souvenirs, onde por enquanto estaria seguro. Através das vidraças conseguia observar como as mulheres se haviam postado a alguma distância para depois o apanharem, assim que saísse. Aliás, pelas ruas havia vários desses bandos de mulheres especializadas na multiplicação de dinheiro, que, mesmo observadas pelos policiais, não eram impedidas de realizar o seu ofício. Será que não sabiam que eram estrangeiros que estavam sendo assediados? Que tipo de impressão isso não causaria?

Jonathan sentou-se junto ao simpático vendedor, que lhe apresentou joias de âmbar antigo, louvando hipocritamente o produto. Primeiro não quis dar os preços, isso poderia ser feito a qualquer hora. Já, já chegariam a um consenso! Eram pepitas de âmbar leitoso que cabiam numa mão, cravejadas em prata, correntes de contas ovais, grandes e cada vez maiores, e broches de todo tipo: "Sobre o preço, a gente já vai resolver. A gente já vai chegar a um acordo". Não tinha esculturas de madeira da Cracóvia, mas, se Jonathan desse dinheiro, poderia providenciá-las.

O vendedor falava bem alemão, tinha acabado de estar em Hamburgo, disse, e tinha uma filial por lá. Com um amigo que entrou na loja, falou polonês, é claro, talvez sobre relógios antigos que ainda eram da época dos nazistas alemães, uns troços quadrados com mostrador luminoso... Ou sobre a prata que os alemães surrupiaram dos judeus e depois tiveram de deixar por aqui. Jonathan ficou sentado no canto, praticamente sem ser notado, e deixou que as coisas fossem acontecendo diante de si. Tomava algumas notas para depois fugir do básico, como o pessoal da Santubara havia incutido na cabeça dele. Um garoto trouxe um bule de café e biscoitos, alguns dos quais também couberam a Jonathan. Chegaram turistas que foram motivo de escárnio: todo tipo de desocupados que só queriam dar uma olhada rápida e homens com dentes de ouro, maços de dinheiro no bolso da calça. Jonathan não teria ficado surpreso se Albert Schindeloe também tivesse aparecido.

Por fim, entrou um homem depauperado. Primeiro mostrou o conteúdo da bolsa ao vendedor, depois a Jonathan: continha livros.

Jonathan retirou um, era um livro alemão intitulado:

*A máquina de escrever*
*e a história da sua evolução*

Um livro de formato pequeno com muitas ilustrações. E na capa havia um carimbo lilás:

*Hermann Binder*
*Cracóvia*
*Praça Adolf Hitler, nº 5*

Isso chamou a atenção de Jonathan, e ele acabou comprando o livro por um punhado de notas de zlóti.

Claro que adoraria ficar com aquela pepita de âmbar leitoso, mas não tinha os trezentos e sessenta marcos que precisaria pagar, como ficou claro no final: e como deveria passar aquela coisa pela aduana, e mais: por aquele preço poderia comprar algo do tipo também em Hamburgo.

Em vez disso, para não deixar de comprar alguma coisa, escolheu um alfinetezinho de lapela, pôs algumas notas de zlóti sobre a mesa e deixou a loja.

Lá fora as três mulheres imediatamente se lançaram em cima dele para fazer a apresentação dos já anunciados números sobre como multiplicar dinheiro. Livrou-se das mulheres fazendo o sinal da cruz — embora não fosse católico. Foi uma ideia espontânea e de pronto funcionou. As mulheres se afastaram, uma gritou: "Canalha!", e ficaram reunidas a alguma distância: nunca tinham passado por uma coisa dessas. E ele agora era um alemão sem-vergonha, mas, para falar a verdade, bem esperto.

Jonathan ainda passeou um pouco pelos quarteirões de construções restauradas, indo à esquerda, voltando à direita, passando em frente a pessoas que estavam na fila para comprar peixe e açúcar e esbarrando em grupos esparsos de turistas. "Isso mesmo! Exato!", exclamavam, entre eles, antigos moradores de Danzig, elogiando a arquitetura do faz de conta das ruelas antigas, este leão aqui que um restaurador autorizado voltou a polir, uma maravilha! Não era nele que a gente sempre montava quando criança? Ou seja: em cima da coisa que antes estava aí, mas que era desse mesmo jeito. Vamos logo tirar uma foto e, em casa, mostrar aos nossos filhos, que estranhamente não conseguem se interessar pela nossa terra de origem.

O cadáver não havia sido ressuscitado, mas apenas transformado, pensou Jonathan: numa figura de cera que merecia ficar no museu apropriado. E mais: Que pena que não se podem reconstruir pessoas, aqueles personagens cheios de graça sequestrados por Memling para o céu ou aqueles da garganta do inferno, os decaídos. Despertar para a vida os condenados e os bem-aventurados e conduzi-los nus, com uma corda amarrada em volta do pescoço, pelas ruelas e fazer sinais para eles: vai acabar dando certo, e receber sinais deles explicando como são as coisas por lá... Mas estão proibidos de falar.

Em frente ao prédio histórico conhecido como Corte de Artus, foi parado por uma idosa. Embora tivesse traços alemães, não era absolutamente alemã. Tinha o tipo da tia Hermine, e por nenhum instante Jonathan pensou que fosse ser vítima de uma pedinte. A mulher segurava na mão um vidrinho de remédio, dizendo que a filha estava doente e que não havia esse remédio em Danzig, e será que ele não podia consegui-lo e enviá-lo para ela quando estivesse novamente na Alemanha.

Jonathan olhou o relógio, eram quatro e meia, e teve vontade de tomar café, e foi logo perguntando à mulher, todo espontâneo, onde era mesmo que ela morava, e talvez pudessem ir até lá e tomar um café e conversar sobre tudo o mais?

Primeiro, a mulher ficou um momento parada, mas em seguida enfiou o vidrinho na bolsa dizendo: "Por favor me acompanhe", já se pondo em marcha, e Jonathan a seguiu olhando as pernas finas dela, as meias remendadas de cor cinza, e pensou que a própria mãe estaria agora mais ou menos na idade daquela mulher. Ainda hoje cedo, na Isestrasse, havia comido dois pãezinhos com mel. Agora vivia uma aventura daquele tipo que mais tarde acaba rendendo uma boa história.

# 10

O sobrenome da mulher era Kuschinski, morava num prédio antigo que havia se mantido de pé, cuja mansarda era ornada de arabescos com motivos primaveris e ostentava o número de um ano triunfante. Sobre a fachada se viam marcas de uma série de tiros de metralhadora, e das janelas enfeitadas com colunas pendiam roupas estendidas.

O outrora majestoso elevador, equipado com um gradil de ferro forjado, estava lacrado com tapume de ripas fixas. Subiram a escada — as paredes da escadaria eram revestidas de azulejos —, a porta do andar com um cadeado e uma longa lista de plaquetas com nomes. No porão, alguém rachava lenha.

Uma lufada de ar viciado acertou Jonathan em cheio quando a mulher abriu a porta, pois naquele apartamento viviam três famílias e diversos sublocatários. O compartimento ao qual Jonathan foi conduzido — ele se curvou ao entrar — era uma sala provisoriamente dividida, o que se podia perceber pelo teto de estuque: um pequeno espaço cinza no qual a luz estava acesa. Era repleto de móveis comprados em lojas de departamentos: um armário-divisória com mesa combinando (toalhinha, jarro), aparelho de TV (toalhinha, veadinho de madeira), geladeira (toalhinha, tigela de vidro) e uma pequena luminária com prismas de vidro pendendo do teto. No canto, um cesto cheio de roupas.

Na parede estava pendurado um quadro com moldura dourada, e sob a janela havia um sofá florido coberto com uma manta, de onde alguém provavelmente acabara de sair: a filha doente.

Jonathan registrou tudo com um olhar, tudo ficou gravado na memória da sua retina. Sentou-se numa das poltronas floridas e, puxando a gravata-borboleta, pensou: Primeiro vou ficar sentado aqui um tempinho. Era como se tivesse chegado a um destino, essa era a impressão. A manta sobre o sofá: Quando teve caxumba, permitiram que dormisse no escritório do tio. Se Hansi Strohtmeyer o procurasse agora, ou Winkelvoss, passariam muito tempo procurando!

A mulher saiu para preparar o café, café de verdade, que lhe haviam enviado do lado ocidental, como ela mesma contou, de Lampertheim — uma prima do tio havia mandado, uma que havia ficado lá depois da guerra, casada com um alemão. Engenheiro ou algo assim, vivem bem. Logo em seguida, reapareceu na sala — agora calçava umas pantufas — e tirou do armário meia barra de chocolate que quebrou em pedaços dentro de uma tigelinha, chocolate ocidental; voltou a deixar o recinto, e estava claro que ficaria entrando e saindo o tempo todo.

Na cozinha falavam alto. Ao que parecia, os outros inquilinos davam um esculacho na mulher por ter trazido alguém consigo, como é que podia fazer aquilo, vive trazendo gente de todo tipo pra cá, e ainda mais um alemão! E ainda preparar café para ele, café caro e de verdade! Fecharam a porta com uma pancada, e no compartimento contíguo um homem berrou:

Tem plantão noturno e, se não fizerem logo silêncio, vai sair quebrando tudo!

Passados alguns minutos, a mulher voltou à sala trazendo a filha doente, será que ela pode se deitar de novo aqui? Explicou que estava doente e que também não sabiam o que seria dela... Maria era o nome da garota, que já era uma moça. Metida num roupão de banho frouxo, se postou em frente à janela de grades douradas do armário-divisória e penteou rapidamente os cabelos cacheados. Ato contínuo, se virou para Jonathan, que se levantara, estendeu a mão ao homem perguntando se ele vira a bicicleta do outro lado da rua, ela acha tão estranho a bicicleta ficar ali, com certeza só pode ter um significado? E mais: Como se explicava que ele houvesse se perdido por aqui. Será que estava querendo realizar estudos sobre como vivem os poloneses?

Mais tarde, Jonathan não conseguia se lembrar do que ela falara. Recordava que lhe estendera a mão, era uma mão úmida e flácida, isso ainda sabia, e que ela falava sozinha, e sem cerimônias havia voltado a deitar-se no sofá, metida no roupão, debaixo da manta.

Que na Polônia também existiam moças bonitas, as moças da corrida de cem metros rasos, percebera de diferentes formas, mas até este momento ainda não conseguira ver belezas estonteantes nas ruas de Danzig e, em vez de lançadoras de dardo, vira mais arremessadoras de peso. As bonitas, pensou, certamente estão no complexo pesqueiro filetando peixe-vermelho.

Maria também não era nenhuma lindeza, não serviria para propaganda turística, era "rechonchuda" e tinha pernas curtas, troncudas. O rosto estava inchado, como se tivesse chorado muito nos últimos tempos.

É uma beleza de filme mudo, refletiu Jonathan, teria combinado bem com um filme de Buster Keaton, na garupa de uma motocicleta, sentada como uma amazona e com uma boina na cabeça, e o vestido branco esvoaçando para trás como um véu.

Ou a mulher da propaganda do sabão Persil, só que vestida de preto, e então imaginou diante de si a parede de uma casa em Berlim com a propaganda desbotada do sabão Persil de 1935; na estação de trens da Silésia, aonde antigamente chegavam os judeus vindos da Galícia que depois abriam uma loja de artigos usados escondida no quinto pátio interno de um cortiço.

O prédio tremia com o barulho da lenha sendo rachada no porão, e a mãe voltou a entrar na sala e ajeitou o bolo sobre a mesa, uma sobra de domingo, além de talheres e colherzinhas de prata, e Jonathan então se deu conta de que Maria tinha umas ideias bem esquisitas na cabeça — a bicicleta acolá, lá do outro lado da rua! —, não iam embora, ficavam grudadas ali, sempre fazendo um rodízio, ideias de demônios e fim do mundo... E, enquanto a mãe falava sobre isso, Maria ficava deitada, ouvindo-a e escutando o seu íntimo para saber o que o inferno tinha a dizer. O corpo se delineava por baixo da manta, a pélvis levantada e os ombros estreitos, e havia puxado a manta para baixo do queixo, enrolando-se como uma múmia; os cabelos curtos cacheados não tinham aspecto de recém-lavados, e, sobre a mesa, frasquinhos de pílulas espalhados como quando flagram um suicida.

Lá de fora veio o apito da chaleira, a mãe voltou a sair da sala, e Jonathan ficou sozinho com a garota, assim teve tempo de examinar o revestimento do assoalho: o material era *stragula* com motivos semelhantes aos da Isestrasse em Hamburgo.

Jonathan disse que o revestimento de *stragula* provavelmente era muito valioso, poderia ser vendido rapidinho no lado ocidental, Kolaschinski etc. e tal, e também os azulejos da escadaria — cada um por cinquenta marcos, pensou, só seria preciso encontrar alguém que os arrancasse, e em seguida contou que era jornalista e que aqui na Polônia estava preparando um rali de automóveis para jornalistas especializados em automotores, algo que nunca fizera antes e que também achava totalmente sem sentido — pois ele próprio sequer sabe dirigir —, mas estava sendo bem pago. E em seguida disse até estas palavras, embora soubesse que uma proposta dessa natureza era absolutamente boba, pois nunca poderia ser realizada: Será que ela não gostaria de ir junto, sentada no banco traseiro do carro, um Santubara de oito cilindros, pois ainda havia uma vaga? E que poderia dar um jeito?

Assim ela então pensaria noutras coisas?

Embora tivesse se virado para o outro lado, ela estava escutando. E de repente se virou para ele e, soerguendo o corpo, perguntou: "De quem é a culpa?", e fitou Jonathan.

Voltou a se deitar, repetindo: "De quem é a culpa?".

Ela sabia do que estava falando, e Jonathan também sabia, mas não conseguia admitir que as coisas fossem generalizadas dessa maneira, precisava objetar. Não será possível encontrar um responsável mundial que assuma essa culpa, pensou, ninguém prenderá essa pessoa, e então lhe veio à mente um pôster que vira nas Montanhas Rochosas, numa loja de souvenirs, com uma cena do massacre de indígenas.

De quem é a culpa? No aeroporto, viu a criança com o ursinho de pelúcia cor-de-rosa, e depois viu também as ciganas e os óculos velhos na gaveta da loja de Albert Schindeloe e, em

Rosenau, a própria mãe com o vestido manchado de sangue nos degraus da igreja.

No quadro com moldura dourada na parede, via-se a imagem de uma jovem mãe deitada num prado erguendo o filho acima de si, uma coroa de anjos pairando ao redor da cena.

Lá fora, diante da janela — só agora se deu conta —, era possível distinguir a torrezinha pontiaguda da igreja de Santa Maria, e então pensou em Münchhausen, cujo cavalo fica pendurado numa torrezinha assim, Münchhausen montado na bala de canhão; na verdade, quem fica pendurado é o ator Hans Albers, com aqueles olhos brilhantes, e o que segura entre os joelhos é o globo terrestre. Jonathan ficou refletindo se não haveria um provérbio que pudesse citar agora: "Bens e dinheiro sustentam o mundo inteiro", ou algo parecido; bem que devia haver um provérbio que resumisse a sabedoria popular ocidental e servisse para banir ideias ruins usando meios simples.

Nesse ínterim, a sra. Kuschinski já voltara a entrar na sala trazendo o bule florido, serviu o café em xícaras de diferentes modelos, e o bolo era excelente, talvez preparado com banha de porco, um bolo que Jonathan jamais comera antes. Acompanhando o bolo, ainda foi servido um calicezinho de licor de cereja, e no fundo da garrafa havia cristais de açúcar. As colheres de prata pertenceram a alemães, ainda agora ela recordava a história, contou a sra. Kuschinski, logo após a guerra foram trocadas por um pedaço de pão; os donos, amedrontados, moravam num porão destroçado e sempre eram perseguidos quando deixavam a toca.

A sra. Kuschinski pegou o cesto de roupas, separou as peças, dobrou-as e organizou-as enquanto fazia um relato da doença da filha, estudante do sétimo semestre de germanística, "O modo comparativo na obra de Wieland"!, e desde criança já tão pensativa, e aí vieram aquelas mudanças de humor, surgidas do nada, ideias fixas sobre uma bicicleta do outro lado da rua, que às vezes está lá e outras vezes não, sem que nunca se veja um possível dono, e ideias fixas também em relação ao fim do mundo, não importa de que forma; e os médicos desinteressados, desinformados. Ela precisa sair para fazer um bom passeio, disseram, falta de oxigênio, e da universidade chega uma carta atrás da outra perguntando quanto tempo essa doença ainda vai durar, e dizendo que não dá para ficar faltando semanas inteiras.

"O que haverá de ser", suspirou a mãe. "Essas ideias bobas, bobas." A bicicleta lá do outro lado, às vezes está lá, às vezes não. Ou que alguém está escutando atrás da porta e que, segundo a filha, até daria para a gente ouvir bem a cabeça da pessoa roçando na madeira. E a mãe também contou que sempre e sempre repetia à filha que deixasse de lado esses pensamentos; com as ruminações mentais, ela destruiria o pouco de felicidade que tinham conquistado. Primeiro o marido havia ficado preso debaixo de um caminhão carregado de toras de madeira, e agora a filha doente, como se a gente já não tivesse bastantes preocupações.

*De quem é a culpa, em que tipo de más ações*
*nos metemos?*

Repetidas vezes a mulher insistiu que Jonathan tomasse café e comesse. "Coma", dizia, "coma! Coma mais..." E Jonathan cruzara as pernas segurando a xícara educadamente com as duas mãos.

Ela então ergueu o vidrinho de remédio — desça aqui, ó único frasco em que antes se encontrava o elixir que deveria acabar com o mal —, e Jonathan, pegando-o para examinar, viu que a etiqueta já estava completamente apagada. Era um medicamento que ajudava a suavizar o fluxo desordenado de pensamentos no cérebro dessa criatura humana, mas precisava ser tomado com regularidade e na dose certa; provavelmente tinha efeito neurodepressor, mas ao mesmo tempo era, de alguma forma, estimulante.

Do bolso do paletó, Jonathan tirou um toco de lápis com a ponta bem fina e anotou no bloquinho o nome do medicamento, prometendo que logo o providenciaria, em Hamburgo, e ficou refletindo se de alguma maneira poderia incluir essa visita no artigo. O lápis ainda era de Viena; com ele, escrevera um artigo sobre os cafés vienenses, no mesmo dia em que a rua abaixo da janela estava sendo revirada, os intestinos da rua, com canos e tubos de todos os calibres, ficaram à mostra, e escrevera o artigo sob marteladas e batidas... No cérebro de Maria, a rua também estava revirada, uma espécie de sopa grossa, escura e quente surgia na mente da garota, e ela tapava os ouvidos e batia com os pés no chão, para que a alma recuperasse a serenidade.

A prática sra. Kuschinski decidiu que era muito melhor Jonathan levar o frasco do que anotar algo errado, e Jonathan o enfiou no bolso.

Agora entrou um garoto. Era o irmão mais novo de Maria, e ele ficou todo contente ao ver que havia bolo e chocolate.

"De quem é a culpa?"

Não demonstrou nenhuma admiração ao ver um desconhecido chamado "Jonathan" sentado ali: talvez tenha pensado que era um médico ao vê-lo tentando decifrar a escrita no frasquinho marrom com ranhuras e a tampa branca.

Contaram que o homem era um jornalista que cobria ralis e saía viajando por aí num carro fantástico, e talvez, se o menino se comportasse bem, até pudesse dar uma voltinha no carro? No lugar de Maria, que naturalmente não tem condições porque está doente.

Jonathan confirmou o que a mulher dissera e também descreveu a maravilha que era aquele carro, motor oito cilindros, não-sei-quantos-cavalos, quem sabe amanhã ele pudesse ir ao hotel, então o deixariam sentar-se naquela máquina sem problemas. O menino contou que alguém tinha dado um encontrão nele ou que o tinha posto para correr, e também disse o que tinha falado ao outro, uma situação bem arriscada, pois Maria se soergueu e ficou prestando extrema atenção ao relato do irmão: será que o homem não estava usando uma boina quadriculada e levando um guarda-chuva?

Jonathan escutava atento, embora nada entendesse, e Maria voltou a se deitar, sob a manta, travando uma luta com pensamentos sombrios, enquanto a mãe estava de pé, sombria, à janela. Sentiu que o momento mágico acabara. Deixou a criatura deitada no sofá com a pélvis delineada sob a manta, e deixou a mãe escurecendo a janela enquanto sacudia as peças de roupa torcidas — voltou-se então para a criança, que, se é que se pode dizer isso de um menino, era de uma beleza que raramente se vê. A fórmula da beleza que ninguém ainda logrou decifrar. Talvez Maria também tenha sido tão bonita quando ainda andava de patins e não precisava que as pessoas se virassem para olhá-la?

Jonathan explicou ao menino o que era um marcador digital e, arrancando uma folha limpa do bloco de notas, pegou uma tesoura que estava em cima da mesa e recortou improvisadamente um carro que parecia um pouco com a obra-prima da Santubara, e fez o carrinho de papel andar pela mesa fazendo: vrumm-vrumm! A sua facilidade em lidar com crianças já fora confirmada em diversas ocasiões.

Em princípio, era uma maravilha, disse Jonathan, que o menino quisesse dar umas voltas no carro, mas primeiro, é claro, precisava perguntar se era possível, mas, se fosse só para se sentar dentro do carro, achava que daria certo sem maiores problemas. Mas depois todos lembraram que o menino tinha aula, o que seria um motivo de impedimento.

Finalmente Jonathan deu por encerrada a atividade de recreador infantil. E disse: que providenciará e enviará o medicamento, está combinado, vai se ocupar disso quando estiver sentado em Hamburgo escrevendo o artigo; porém, vai demorar um certo tempo, e a coisa ficará difícil porque para escrever o artigo será preciso fugir do básico, o que exigirá toda a força — afinal de contas, escrever não é brincadeira de criança. Ficou em pé na sala, a cabeça encostada na luminária de prismas de vidro, estendendo a mão ao menino e à mãe. Também gostaria de ter estendido a mão a Maria, mas ela mantinha as mãos sob a manta, completamente absorta em pensamentos que tinham a ver com o céu, a terra e o inferno: a tesoura!, foi o que mexeu com ela, o papel branco havia sido cortado com a tesoura, será que não tinha significado? Um joelho mudou de posição por baixo da manta. Jonathan viu o joelho nu apenas um centésimo de segundo, e era lindo.

# 11

A equipe jantou no Salão Verde do hotel Orbis. As mesas eram divididas por grades, das quais pendiam flores de plástico: o ar-condicionado soprava poeira sobre os pratos. Que louça grosseira é essa que têm aqui, e esses garfos de flandres?

Havia uma boa cerveja — da marca Okocim — com uma espuma agradável, como disse o sr. Strohtmeyer; na sequência, uma sopa de beterraba por cem zlótis e, por quinhentos, salmão defumado cuja *dekoracja* custava trinta zlótis. Aqui também não se conseguia caviar a cinco centavos de marco, teria sido necessário desembolsar dois mil e trezentos zlótis pela porção.

"Pois então!", disse a sra. Winkelvoss, a comida bem que está toda em ordem. Embora: a sopa morna e o salmão ressecado — mas, segundo ela, isso poderia ser corrigido se a gente soubesse fazer pressão. O chefe dos garçons foi convocado à mesa: Seria possível dar um jeito de remediar essas deficiências? E, como o garçom era um pouco submisso demais, a discussão acabou assumindo um tom demasiadamente autoritário.

A sra. Winkelvoss trajava uma blusa bufante com um colar de vinte e seis voltas em torno do pescoço e sofria com o medo de se mostrar em público. Será que o "dia de amanhã" vai dar certo, era uma coisa que estava mexendo com ela, então é só a gente não sair muito tarde! E estava inquieta por não poder ligar para casa, para saber como passavam o marido e a filha. Como é que ele sabia, perguntou a Jonathan, que eram ciganas as mulheres que ficaram de olho na carteira dele, e sua pergunta tinha um tom de censura.

Ela já recebera uma má notícia: o sr. Schmidt ainda não chegara, um gourmet aposentado que deveria inspecionar a qualidade dos restaurantes com boa gastronomia, que, segundo a direção da Santubara, ficavam ao longo da rota do rali. Cordeiros ainda não desmamados, será que teriam, ou, quem sabe, peixe lúcio. Durante a guerra, o sr. Schmidt administrara na França um cassino da *Wehrmacht* alemã, e nenhum dos oficiais da reserva estacionados ali jamais se queixou. É verdade que no inverno não conseguia tirar da cartola morangos silvestres, mas sempre havia um pacotinho à disposição para as esposas quando os oficiais saíam em férias na terra natal.

E agora ele não tinha dado as caras!

Como esse fiasco não podia ser atribuído a ela, a sra. Winkelvoss logo se acalmou, era mais o mau agouro que a afligia. Mas não a afligia muito. Elogiou a Danzig reconstruída e informou ao pequeno grupo, sussurrando, que já conseguira adquirir uma coisa boa: na mão ornada de anéis, via-se um que antes não estava lá. É mesmo uma maldade, afirmou, como o lado ocidental saqueia este país.

Gdańsk! Achava bom que a cidade agora fosse polonesa, de alguma maneira era uma justiça compensatória. E prosseguiu dizendo que podia muito bem imaginar que a Alemanha Ocidental estivesse envidando esforços para, se possível, fazer reverter isso. — Curioso, disse, que Günter Grass, quando garotinho, tenha zanzado por esta cidade, de calção e patinete?

Assim como Jonathan, Hansi Strohtmeyer também caíra nas garras das ciganas durante a visita ao centro histórico. Na carteira ficaram lhe faltando cem marcos. Preocupava-se por ter de explicar isso aos oficiais da aduana ao deixar o país. Para ele, era uma boa oportunidade de imaginar como seria nas cadeias polonesas, lá não é lugar para festas e certamente teria de dividir uma cela com bêbados (que vomitariam nos pés dele!).

Mais uma vez a sra. Winkelvoss proibiu que falassem de ciganas, pois, segundo soubera, não havia "ciganas" na Polônia de jeito nenhum. E ele deveria verificar com mais atenção a carteira, e também por que era que fazia uma coisa daquelas, entregar a carteira na mão de pessoas estranhas?

Agora a porta se abriu, e uma enxurrada de turistas alemães invadiu o restaurante para ter acesso a uma área reservada: eram os expatriados que Jonathan vira na igreja de Santa Maria. Já eram aguardados; mal se sentaram e a sopa lhes foi servida.

"Graças a Deus que chegamos antes", disse Hansi Strohtmeyer, "senão podíamos ter esperado uma eternidade!"

Jonathan anotou que no artigo de cinco mil marcos talvez também pudesse incluir uma dica de que os poloneses são muito sensíveis e que nós, como alemães, temos de assumir uma postura muito reservada para não os tirar do sério. Já fizera alguns apontamentos que poderiam ser úteis para os participantes do rali: quando a igreja de Santa Maria está aberta e quando está fechada, mas que, se realmente estiver fechada, não é nenhum problema, com certeza dariam um jeito para que entrassem turistas da fábrica Santubara. Jonathan imaginou que os participantes do rali deveriam começar pela igreja de Santa Maria como "preliminar", para irem fazendo um aquecimento nas coisas ligadas à terra natal. Em seguida deveria ser feito um passeio a pé pelo centro histórico, que poderia terminar no monumento aos operários mortos, situado no estaleiro Lênin. Tinha certeza de que daria conta da mudança de ambiente, que seria, para os participantes vindos de Wuppertal e Bremen, a mudança da sociedade de consumo sem vida para a antiga cidade hanseática que agora se chamava Gdańsk. Primeiro a igreja de Santa Maria, ou talvez fosse melhor mergulhar logo direto na problemática do país e dar uma parada, como sinal de respeito, diante do monumento aos operários mortos? Ou deixar essas duas coisas para o final?

Ainda seriam acrescentadas algumas linhas com dados e fatos e talvez estatísticas: Jonathan já tinha praticamente uma folha e meia junto com a descrição dos fantásticos esforços feitos visando à restauração de Danzig. Quem sabe fosse necessário fazer uma retrospectiva: Danzig em 1939 e 1945, primeiro o júbilo e em seguida os lamentos: portanto, mais ou menos duas páginas, e era só o primeiro dia da viagem.

"Nada de exagerar nos aspectos históricos", dissera o relações-públicas da fábrica Santubara. "Por favor não exagere nos aspectos históricos."

Não, não escreveria nada sobre Borislav III, nem sobre a paixão desse soberano por furar os olhos de oponentes; mas não dava para ignorar nem Conrado I de Mazóvia, que havia convocado os alemães para aquela terra, nem toda aquela história de "regresso ao Reich". Nem os bravos funcionários poloneses que defenderam os correios e, desse modo, a honra polonesa. Portanto, era mesmo para começar com a igreja de Santa Maria. Ou terminar por ela?

*Ainda recordo os bons momentos*
*À beira do Báltico a espairecer*
*Quando nos barrancos de cor cinza*
*Via cada árvore em pleno florescer*

Os membros do grupo dos expatriados, na sala ao lado, haviam terminado o jantar e agora assistiam a uma apresentação de diapositivos: Danzig antigamente, como devia ser bela a cidade, como estava deteriorada agora, mas a gente precisa reconhecer o trabalho de reconstrução. Aquela gente gostaria de ter entoado uma canção típica da sua terra naquele momento aconchegante em que estavam sentados ali em torno da tela, talvez aquela canção que falava do senhor pastor e sua vaca; mas não se atreveram. Poderiam facilmente ter sido mal interpretados.

Após o pequeno grupo ter se saciado ao preço total, fazendo a conversão, de três marcos e cinquenta, foi feito o planejamento do "dia de amanhã", e a rota estabelecida. E Jonathan determinou que, depois de Danzig, a próxima etapa da visita deveria ser o castelo de Marienburg, senão era melhor ter ficado mesmo em casa. Em seguida se retiraram.

"Seja como for, aqui é limpo, não podemos negar."

A sra. Winkelvoss ainda precisava tratar de umas coisas na recepção, será que os jornalistas do rali também precisavam entregar os passaportes para só os receberem de volta no dia seguinte, Berlim, Paris, Nova York, todos são extremamente sensíveis e, além disso, não deveria ser do interesse da República Popular da Polônia que os jornalistas escrevessem que joia aquele país era?

Hansi Strohtmeyer cambaleou até o bar, onde mulheres simpáticas o aguardavam.

Jonathan ainda ficou sentado algum tempo no saguão. Mal se havia acomodado, dois homens de aparência muito característica do Leste Europeu chegaram e sentaram-se ao lado, tiraram colares de pérolas do bolso da calça e deram início a uma conversa ininteligível com ele. Jonathan dispensou o diálogo. Deu a entender aos dois sujeitos que estava sendo aguardado, e tiveram de deixá-lo ir. Fazer o sinal da cruz aqui não teria dado certo.

Foi até o quarto, estirou-se na cama e folheou um pouco o livro sobre máquinas de escrever. Nele havia ilustrações de modelos curiosos. Possivelmente haviam escrito muita coisa inteligente usando esses modelos, mas também muita besteira. Lamentou não poder ir à casa da família Kuschinski, terminar a noite no seio de uma família — agora era demasiado tarde. A retina dele repassou a imagem que à tarde recebera daquelas três pessoas no pequeno apartamento, o papel de parede florido, a manta sobre o sofá e naturalmente também o joelho. E ficou claro que a imagem ainda estava intacta, ela se condensaria como algo simbólico e resistiria ao teste do tempo.

# 12

O salão de café da manhã era todo branco. Aqui pessoas vestidas com roupas esportivas tomavam espumante, dois alemães barulhentos com um emblema dourado na gravata de tricô pendurada no pescoço, pastas executivas ao lado da cadeira, misteriosos tipos húngaros, de olhar conspiratório, que não tinham nada a fazer ali, dois oficiais russos esfarelando pão, acompanhados de um intérprete que trajava paletó e camisa de colarinho aberto. Todos pareciam aguardar algo. Talvez logo fosse acontecer algo incomum? Bem que poderia ser? Uma batida militar que mandasse evacuar o recinto? Fora todos os capitalistas! Ficar encostado na parede, pés separados! Assim como fez a ss em Łódź buscando comerciantes clandestinos e existências racialmente inferiores: serão transportados em caminhões — e ribombarão as salvas.

Jonathan sentou-se à única mesa livre — ainda não havia sido limpa — e contemplou os destroços do café da manhã nos pratos. Xícaras com vestígios de batom e uma grande mancha de café ainda fresquinha.

Apoiou as mãos sob o queixo, pensando na namorada, Ulla. Pena que não viera junto; com ela poderia discutir tudo tim-tim por tim-tim. A sra. Winkelvoss era o tipo clássico de pessoa adepta do "talvez sim, talvez não", e Hansi Strohtmeyer não era tão inofensivo assim. Mais ser que parecer — como pudera confundi-lo com um motorista?

Agora mesmo, abre-se a porta, e o grupo de expatriados entra em fila indiana. As mulheres trazendo debaixo do braço enormes latas de café instantâneo, para refrescar aquele intragável café da manhã. Aliás, eram mulheres simpáticas, "mamães" e também "vovós", que sabiam muito bem levar a vida. Podia-se ver que os homens também sabiam levar a vida, embora um ou outro já estivesse no limite.

Jonathan observava as garçonetes que andavam de um lado para o outro como se tivessem passado a noite em claro; não gostavam de servir, mas, quando era realmente necessário, engoliam em seco. Já fazia muito tempo que acontecera o último treinamento, o hóspede ocidental é rei, foi o que disseram, eles trazem divisas que permitem construir o nosso estado socialista. Portanto, engoliam em seco o tempo todo. Perder aquele bico somente por não terem levado pães fresquinhos para a mesa? Havia algumas moças bem-apanhadas, que se aproximavam mais da ideia que europeus fazem das polonesas, só que marcadas por uma nutrição inadequada. Salsichas ruins estragam a tez. Sem chance lá em Hamburgo. Será que entre elas havia alguma que fora indicada para a equipe da Santubara? Infelizmente era improvável. Ou possivelmente todas?

Eis que chegou Hansi Strohtmeyer, de barba feita, cheirando a água de Colônia. Um paletó de tweed com cotoveleiras de couro e uma camisa claramente feita sob medida, mas combinando tudo com uma calça jeans (podia também até ter sido feita sob medida, mas muito provavelmente não). Na verdade, era estranho que ele, um piloto de corrida com experiência no Saara, estivesse vestido com roupas bem comuns? Um piloto que tinha marcas de acidentes no rosto como cicatrizes de duelos entre estudantes? Jonathan não se admirou quando Hansi Strohtmeyer contou que possui um Range Rover e um Mercedes 560 SEC. Além disso, um porco-da-terra, ou seja, um Golf GTI que a esposa dele usa para ir pegar os pães na padaria. Portanto, Strohtmeyer possuía três carros e, além disso, um iate. Ao que parecia dava para ganhar dinheiro com corrida. De fato, era óbvio que sim, pois de outra forma ninguém se exporia a tantos perigos.

A mesa está tão suja, não é?, disse e prosseguiu: "Essa é a nossa noiva?", perguntou referindo-se à garçonete responsável pela mesa. "Venha cá, moça, dê uma limpada aqui..." E a moça, que não reagira aos sinais de Jonathan, veio imediatamente.

Por fim apareceu a sra. Winkelvoss, acabara de telefonar para a Alemanha; o sr. Schmidt só se juntaria a eles mais tarde, disse, era uma péssima surpresa para a firma! Acrescentou que não se pode mais confiar em ninguém.

Gabou-se por ter podido tomar uma ducha neste hotel sem maiores problemas e estava admirada por todos os poloneses serem tão simpáticos. Com os alemães, nós! Tantas coisas que fizemos contra eles! Um terço da população dizimada e todas as cidades destruídas?

Comeram ovos mexidos preparados com leite evaporado, e era irritante só haver pãezinhos *doces*. De uma caixinha, a sra. Winkelvoss tirou um comprimido branco e um vermelho, e com certeza achou tudo excelente, leite evaporado, por que não?, melhor que nada, afirmou, se a gente imaginar como os poloneses tinham pouco para comer durante a ocupação alemã e agora entregam tudo o que têm? E depois quis saber de Jonathan se aquilo realmente era tão necessário, estava se referindo ao castelo de Marienburg: Será que hoje em dia ainda interessa a alguém? Um castelo-forte? Afinal de contas, todos já vivem cheios de militarismo. Segundo ela, o cunhado era do Exército, ou seja, estava mais para um idiota! Na sua opinião, a gente também devia mostrar as conquistas do socialismo, pois este é um jovem país em desenvolvimento. Fábricas, talvez, ou um estaleiro? Achava que as pessoas pareciam todas tão otimistas.

"Já vou pegar a estrada!", disse Hansi Strohtmeyer. Em frente ao hotel, recebeu o carro: recém-lavado, abastecido com gasolina ocidental, lubrificado. Mais uma vez tudo na mais perfeita ordem. Ainda conversou um pouco com os técnicos que detalharam os mais recentes resultados das corridas: Fórmulas 1, 2 e 3. Ele já seguiria na frente para o castelo de Marienburg, caso acontecesse algo.

O pessoal da Santubara pensara em tudo: no assento traseiro, havia uma cesta com sanduíches e uma garrafa de vodca. Também havia uma manta de lã e, no porta-luvas, até moedas para as multas com as quais um estrangeiro neste país precisava contar.

Jonathan foi o último a chegar, já era aguardado.

"Já não era sem tempo", disse alguém, mas vamos fazer tudo com calma. Pró-forma, ofereceram-lhe o assento do carona; tinha a ver, de certo modo, com a estimativa acerca da sua posição social. Afinal de contas, era um homem das letras, e tinham lido a sua *story* sobre as adegas provençais. Jonathan declinou.

Isso também já era esperado, pois imediatamente entraram no carro, deixando a porta traseira aberta para ele — não fariam uma oferta daquelas uma segunda vez.

Jonathan, que nunca possuíra uma carteira de habilitação, sentou-se na traseira e ficou contente com isso. Aqui tinha um banquinho para os pés, uma luminária giratória para leitura e um cinzeiro com iluminação. Podia estender a sua papelada e ainda tinha um apoio para o braço, que, neste carro supermoderno, não estava previsto para o assento dianteiro. Era dobrável, e embaixo, em caso de emergência, podia ser embutido um barzinho.

Sentado lá na frente, possivelmente ficaria falando com Strohtmeyer sobre competições automobilísticas pelo Saara, e ainda sentiria a respiração quente da sra. Winkelvoss vindo por trás. Jonathan ajeitou sobre os joelhos a manta de lã maravilhosamente leve e ficou contente com aquele conforto. A manta, prometeu, ele depois a poria na bagagem. Bem que podia ser cortesia. Estava curioso para ver como Strohtmeyer dirigia, apostava em pneus cantando — mas aconteceu o contrário: o carro deslizava leve. Ah, que viagem agradável! Mal se notava a mudança das marchas, para falar a verdade, nem se notava que havia alguém pondo o carro em movimento — ele mesmo se movia. Quantas invenções tiveram de ser somadas para que este produto genial, de primeira linha, pudesse ser fabricado. Engrenagens, rolamentos de esferas, potência da alavanca, transmissões hidráulicas, sem se falar na gasolina. E depois a grandiosa ideia de encher de ar os pneus... Jonathan imaginava a furiosa velocidade com que os pistões batiam para a frente e para trás nos cilindros, hora após hora, sem se cansar e sem se ouvir nada! Talvez um leve ruído, mais parecido com um zumbido. Na cabeça dele, passou a ideia absurda de que, para fins publicitários, tivesse de deitar o dedo indicador na estrada, e o carro passaria por cima sem o amassar porque o deitaria exatamente no sulco da banda de rodagem do pneu...

Para se distrair, ainda pensou um pouco nos colares de âmbar que vira em Danzig: "Canalha!". Alguma coisa teria de levar para a namorada, era certo. A reprodução quadricolor do *Juízo final* não seria suficiente. Talvez um volume ilustrado do campo de concentração de Stutthof?

Pela janela lateral, via a cidade aos poucos desaparecendo, a igreja de Santa Maria ainda se mostrou mais uma vez, diante da vista do porto recém-construído, uma fábrica deteriorada, ruínas sobre as quais cresciam pequenas bétulas. A gama de impressões que guardara na mente se reduzia a cada quilômetro rodado. O bando de ciganos encolhia, o vendedor de âmbar se embaçava... A imagem que guardava dos Kuschinski ficou no patamar mais alto da memória — não seria esquecida com tanta facilidade.

A região por onde passavam também poderia estar situada às margens do lago de Bad Zwischenahn, na Baixa Saxônia, mas com casas como as de Schleswig-Holstein, no norte, e um certo aconchego emanava dali. Porém, também não deixava de ser um pouco monótona. Infelizmente a visão de Jonathan para a frente ficava bloqueada pelo encosto de cabeça da sra. Winkelvoss. Até que se sentou meio torto no banco, e acabou dando certo.

A sra. Winkelvoss estava contente; a viagem significava que teria quatro dias de férias adicionais para torrar. "E ainda mais com sol!", disse. "Até a fase da lua mudar, temos uma chance de o tempo permanecer estável... E você acha que o castelo vale a pena?", perguntou a Jonathan (virando-se na direção dele). "São ruínas ou algo do tipo?" — Que rio seria aquele por cima do qual acabavam de passar?, queria uma resposta de Hansi Strohtmeyer. O Oder? Não, era o Wisła, nome dado pelos poloneses ao Vístula.

Jonathan tinha uma formação escolar intacta, isso agora vinha à tona. Lembrou que o Vístula é o único grande rio europeu cujo fluxo natural não foi alterado e que fica, portanto, permanentemente assoreado, porque os poloneses não são mesmo capazes de manter em ordem os seus rios navegáveis. Também sabia que o Vístula desempenhara um papel trágico em fevereiro de 1945 e prometeu que perguntaria ao tio como ele havia conseguido atravessar esse rio tão largo. Surgiu na mente a imagem de uma caravana de carroças vindo de longe, cinza no cinza, numa curva ampla, nada mais que uma linha escura: eram pessoas voltando para o Reich, da mesma maneira que se lançaram para o leste séculos atrás.

Jonathan pôs na boca um pedaço de marzipã. Estava com o bloco de notas sobre os joelhos e anotou a expressão: "Referência temporal!". Também anotou que haviam sido ultrapassados por um oficial polonês numa lambreta — "marca Blendax", como disse Strohtmeyer. Tudo levava a crer que era um homem que não se atinha às leis, pois dirigia com bastante velocidade.

A qualquer hora essas pessoas acabam caindo por aí com suas coisas... pensou Jonathan, prometendo não sentir nenhuma pena.

Quinze minutos mais tarde foram parados: Estavam dirigindo em alta velocidade, afirmou o policial que saiu das moitas como um ladrão que fica à espreita no mato; este país é civilizado, não é lugar para arruaceiros das estradas... e Strohtmeyer enfiou a mão no seu estoque de moedas.

Uma vaca morta na valeta da estrada, e ainda seguir dirigindo oito quilômetros atrás de um caminhão com a carga torta, o qual, assim que Strohtmeyer finalmente o ultrapassou, foi logo entrando à direita. Hortas usadas intensivamente dos dois lados da estrada, mas eram roças queimadas: "O que os ambientalistas alemães diriam sobre isso?".

Cadeiras de rodas motorizadas com capota de lona amarela, automóveis com pneus sobressalentes sobre o teto, tudo Jonathan ia anotando, ao passo que se indagava como haveria de fazer com que essas anotações fugissem do básico e se algum dia conseguiria usá-las.

Os dois no banco dianteiro tinham muito o que fazer. Precisavam aprontar o "livro de orações" que ajudaria os participantes a evitar áreas estranhas ao rali. Strohtmeyer ditava: "A rodovia 7 na direção de Varsóvia... Após três quilômetros, à esquerda um antigo celeiro destelhado, depois sempre em frente. — Mais dois quilômetros. Cuidado: buraco na pista!". E a sra. Winkelvoss ia anotando. Como Hansi Strohtmeyer riu do triciclo que passou, ainda recebeu uma aula dela: Por que não? Por que é que a pessoa não pode dirigir um triciclo? E isso o fez lembrar à sra. Winkelvoss que estavam fazendo aquela viagem para vender motores de oito cilindros.

Prosseguiu dizendo que era mesmo uma idiotice que o Ministério do Turismo polonês tivesse proibido a identificação da rota do rali com bandeiras da Santubara. Tudo ficaria muito mais fácil. Em vez disso, agora tinham de preparar o "livro de orações".

"Oitocentos metros, à esquerda uma fileira de salgueiros-brancos..."

No início, Jonathan escutava, atento — galinhas atravessam as estradas da mesma maneira em qualquer país —, lá da frente vinha o agradável aroma de cigarros estrangeiros que Hansi Strohtmeyer fumava. Jonathan se lembrou novamente do tio, viu diante de si a pesada carroça puxada por dois cavalos rangendo na estrada congelada, e em cima da carroça a camponesa que o amamentara. Viu-a com os seios nus, triunfante, como a mãe-terra. — A minha mãe foi desta para melhor, pensou, e pelo menos nesse instante isso lhe pareceu menos digno de menção. Quantas mães aqui teriam ido desta para melhor naquele tempo. — A semelhança entre o tio e Julius Streicher. A "Cartilha dos judeus" lá da Francônia... Como era possível dois homens serem tão parecidos, sendo que um era criminoso e o outro uma pessoa de bom coração?

E naturalmente também pensou em Maria — "de quem é a culpa?" —, e prometeu comprar logo o medicamento em Hamburgo. Refletiu até se não deveria ligar para a namorada, Ulla, para que ela já providenciasse uma receita. Esquisito, não conseguiu lembrar o número do próprio telefone.

Depois de rodarem trinta e cinco quilômetros, chegaram diante de uma placa na estrada na qual se lia: "Malbork/Nowy Dwor". Portanto, precisavam virar à dircita. Que tal fazer uma parada?

Hansi Strohtmeyer conduziu o carro mato adentro, desembarcaram, respiraram e expiraram profundamente. Jonathan se alongou: no banco traseiro, ao contrário do que lhe parecera no início, também não era aquele conforto todo. Sentaram-se um ao lado do outro na ribanceira da estrada e examinaram o conteúdo do cesto de guloseimas. Dentro havia biscoitos holandeses que tinham "um sabor incrível", nas palavras da sra. Winkelvoss.

No alto de uma pequena colina, havia um cata-vento de seis pás, uma das quais estava quebrada. A porta abria e fechava, e, na campina próxima, uma cegonha cutucava o solo à cata de sapos que tirava do brejo agarrando-os por uma perna e depois os comia vivos. Nesse caso, ser comido significava morte por asfixia. Descer goela abaixo — será que lá havia ranhuras indicando a trilha? — e depois estômago adentro, onde válvulas injetoras são ativadas de todos os lados. Nesse animal, não se manifestara o impulso criativo humano, mas o divino. E nesse caso também fora preciso reunir todo tipo de genialidade para produzir um ser com dons tão especiais. Aquelas "meias" vermelhas, por que mesmo eram vermelhas?

Aliás, tratava-se de uma cegonha suja, tinha uma barriga cinzenta malcuidada; portanto, uma cegonha polonesa, como disse Strohtmeyer em tom de pilhéria, coisa que a sra. Winkelvoss não se permitia. Afirmou já ter visto, também na Alemanha, uma porção de cegonhas sujas.

Strohtmeyer esgueirou-se para perto da ave, talvez aquele bicho permitisse que fizessem carinho? Até uma distância de cinquenta passos, conseguiu se aproximar sem problemas e estirou a mão na direção da cegonha como se tivesse pernas de rã dentro dela. A ave olhou na direção oposta, bateu asas e por fim voou.

Jonathan mirava o interior da valeta da estrada. Busca de vestígios: Se fizessem escavações, certamente ainda encontrariam uma correia de couro, pensava, arreios de cavalos mortos que haviam deslizado na estrada congelada e não conseguiram mais se erguer. Ou ossos humanos? Esqueletos desenterrados não iriam para o setor de anatomia das faculdades de medicina, imediatamente voltariam a ser enterrados, pois deles já havia mais do que o necessário. Não ajudariam a ciência a obter nenhum conhecimento. Talvez aqui se encontrassem, em algum lugar, caixotes com filmes enterrados às pressas? Nos quais se pudesse assistir ao comboio de carroças se arrastando através da tempestade glacial? Soldados feridos de pé na estrada implorando aos camponeses, exibindo a eles braços e pernas ensanguentados, mas os camponeses olham para o outro lado. Talvez pensassem nos próprios filhos a quem, na verdade, ninguém prestou ajuda. Na "Cartilha dos judeus" do sr. Streicher, podiam-se ver judeus sendo expulsos do país com o sol brilhando, radiante.

Será que tinha sido a cegonha? Quando já prosseguiam a viagem, a sra. Winkelvoss começou a contar a história da filha, que era adotada. Entre as notações feitas no "livro de orações" da estrada, foi relatando como é difícil conseguir adotar uma criança. Tudo junto teria custado dez mil marcos — no mínimo!

Jonathan acompanhava o percurso pelo mapa alemão. Leu o lindo nome da aldeia "Marienau" e logo em seguida "Brodsack".

Será que havia anotado o momento em que observaram a cegonha? Nesse ínterim a sra. Winkelvoss queria saber de Jonathan e, do confortável assento adaptado aos contornos do corpo, virou-se para ele. Afinal, no relatório dele também deveria aparecer alguma coisa boa. A cegonha, por lhe deixarem o meio-ambiente livre e lhe permitirem cutucar o terreno em busca de sapos na maior calma, já compensava muito bem aquele cata-vento quebrado. As passagens subterrâneas para anfíbios feitas pelos alemães não tinham nada a ver com isso.

# 13

De repente o castelo de Marienburg apareceu diante deles. MALBORK, estava escrito numa placa. O rio, que qualquer pessoa conhece pelo nome "Nogat" e que era realmente admirável por ainda manter esse nome, e por trás, quase como num cartão-postal, cercada de hortinhas urbanas, a maior fortaleza da Ordem dos Cavaleiros Teutônicos: o castelo de Marienburg — saqueado, arruinado, reconstruído, depois incendiado e novamente reconstruído — parecia um pouco mosqueado, mas, como um todo, estava intacto e inconfundível. Fazia setecentos anos que permanecia ali: magnanimidade, orgulho, soberba. Outrora o rigor moral da ordem fora elogiado, depois a arbitrariedade dos cavaleiros odiada, e em seguida esta caíra, o último mestre fora obrigado a fugir por uma pequena porta.

"Ah, é *aquilo* ali!", disse a sra. Winkelvoss, que devia ter ouvido falar no castelo durante as aulas sobre o leste alemão na escola. Talvez fosse haver uma exibição de slides e depois fossem desenhar brasões? Ela se sentia feliz de estar vendo esse testemunho do passado alemão. Mas quarenta quilômetros distante de Danzig? Era um desvio muito grande! Será que os jornalistas topariam? Cultura para lá, cultura para cá, mas, no final das contas, os clientes deveriam mesmo era experimentar os veículos...

Portão da Ponte, Castelo Alto, Palácio do Grão-Mestre, inclusive o toalete do Grão-Comandante — Jonathan conseguia identificar tudo de forma impecável. Faltava a Nossa Senhora, aquela enorme estátua localizada ao lado do coro da igreja do castelo, que de longe sorria aos cavaleiros teutônicos — os russos haviam praticado tiro ao alvo nela. Talvez fosse possível encontrar algumas pedrinhas nos escombros as quais usariam para restaurar a imagem miraculosa? Certamente haveria fotos suficientes?

Jonathan ainda queria ter podido curtir mais aquela cena, teria preferido ficar ali sentado um pouco, de chapéu e bengala, como antigamente... Pediu para parar o carro, desceu e sentou-se num banco ao lado de uma lanchonete: as águas do Nogat correndo tranquilas. Ficou assobiando ao léu a canção popular "Na praia iluminada do rio Saale..." e observando crianças que brincavam com a sucata de um carro — ao lado dele, de pé, estava a senhora Winkelvoss segurando o relógio, e Hansi Strohtmeyer sequer descera, ficou folheando revistas sobre carros, depois penteou os cabelos e, quando terminou, pegou a câmera de bolso de Jonathan e tirou uma foto da lanchonete com o castelo de Marienburg por trás e o Jonathan sonhador em primeiro plano.

De volta ao veículo, atravessaram a ponte e entraram na cidade. Afinal, não tinham vindo até aqui por brincadeira. Enfrentaram algumas curvas até Hansi Strohtmeyer finalmente se dirigir ao estacionamento para visitantes do castelo. Mal haviam desembarcado, já estavam cercados de crianças que pediam canetas.

"Isso aqui é como na Índia", disse Strohtmeyer.

Jonathan pegou o casaco de popeline pendurado no carro e tirou a barra de chocolate que guardara no bolso ainda no avião. Estendeu-a na direção das crianças, e um menino a pegou. Jonathan ainda estava querendo dizer: "Mas, por favor, dividam!", quando o garoto desapareceu com o chocolate. E os outros correndo atrás. Fim. Quase que Jonathan os seguiu, por uma questão de justiça, mas não o fez, pois temia fazer um papel ridículo.

"Não faz sentido", afirmou Hansi Strohtmeyer, que observara a cena. "Não vão ser nada na vida..."

Os técnicos também já haviam chegado, estavam esperando. Ocuparam-se do carro, capô do motor aberto, porta-malas aberto, mas também precisavam verificar embaixo e abastecer com boa gasolina ocidental levada em galões. Strohtmeyer chamou a atenção deles para um leve ruído, e a quinta marcha decididamente estava muito barulhenta. Depois descobriram um arranhão na pintura da parte dianteira até a traseira, ou seja, alguém caminhara ao longo dessa maravilha da tecnologia e passara um prego enferrujado na lataria. Havia sido uma pessoa que se vingara por não haver esses carros à venda na Polônia. Ou uma das crianças a quem Jonathan dera a barra de chocolate.

Portanto, no rali, precisavam levar tinta e lixa. Não se podia esperar que os jornalistas deixassem passar batido um arranhão.

Nesse meio-tempo, o grupo de expatriados veio chegando de mansinho num ônibus supermoderno, aquelas pessoas que Jonathan observara em Danzig. Média de idade de sessenta e sete anos e meio, e três netos que tiveram de prometer ao avô nunca esquecer que tudo isso um dia fora propriedade dos alemães, e provavelmente uma maca para a anciã de noventa anos.

Um pouco afastados, três estudantes com o seu professor de Bremen, presumivelmente uma delegação do comitê estudantil socialista da Escola Compreensiva Rosa Luxemburgo, que se calaram ao verem os senhores e senhoras idosos. Queriam ver o que estava acontecendo em termos de revanchismo fascista e olharam com desconfiança para o que se preparava. Teriam de manter distância da velharia para que não os jogassem num mesmo balaio junto com aquelas eternas ideias do passado. E depois, em casa, explicar na reunião plenária e abrir os olhos dos colegas para o que está sendo engendrado... Inclusive nunca haviam ouvido falar na Ordem dos Cavaleiros Teutônicos, também não sabiam o que era a Liga Hanseática.

Não era permitido entrar, sem mais nem menos, no monumento típico do imperialismo alemão: um policial os deteve, era preciso reservar uma visita guiada, e demorou um tempo até surgir uma mulher que dominava a língua alemã. Ela soltou o cordão de isolamento, contou os membros do grupo e anotou os dados numa lista estatística. Entregaria a lista hoje à noite ao responsável e, no fim do mês, os números, somados a outros, chegariam à mesa do general do turismo, para ver se o número de visitantes estava aumentando ou diminuindo. A sra. Winkelvoss também estava organizando uma lista sobre a duração dessa parada. Olhou para Hansi Strohtmeyer: será que ele notava o absurdo? Mas Hansi Strohtmeyer estava bem tranquilo, interessava-se em saber que tipo de castelo era este. Havia visto as pirâmides e o Taj Mahal, havia subido no Empire State Building, e agora, portanto, também vamos encarar um castelo. Já havia visto algo parecido, na França e no Sudão, no meio do deserto.

A visita guiada foi menos maçante que o esperado. Não se falou na invasão da *Wehrmacht* alemã à Polônia. A senhora, provavelmente uma professora aposentada, limitava-se ao tema. Fez referência à alvenaria original e aos acréscimos neo-góticos, mostrou as transições entre o antigo e o novo, dizendo: "Esses tijolos poderiam contar muito mais coisas do que eu...".

Ela sabia até que na construção do castelo haviam sido usados quarenta e seis milhões de tijolos. Após a guerra, continuou, foi necessário pelo menos o mesmo tanto para restaurar as muralhas atingidas pelos tiros. Nesse instante um homem do grupo de expatriados do leste foi até a frente e mostrou às mulheres a diferença entre tijolos antigos e novos, e ele sabia que os tijolos antigos eram copiados em Malmö. Mas que estes aqui, ao que parecia, eram produção local. Se pelo menos durassem! Anotou num pedaço de papel: "Tijolos do modelo usado no mosteiro de Malmö", e entregou-o à guia. Talvez ela pudesse fazer a gentileza de encaminhá-lo à central? Os três estudantes de Bremen trocaram um olhar de cumplicidade.

Essa intervenção tirou a guia um pouco do ritmo da fala. Mas logo em seguida se recompôs. Contou que outrora o ingresso de mulheres no castelo era proibido; "Hoje, excepcionalmente, podemos entrar". Isso fez efeito, os presentes riram descontraídos, e até Anita Winkelvoss, que se distanciara entediada, começou a achar graça.

Nesse instante, foi explicado o balestreiro, através do qual derramavam, lá de cima, água fervente sobre os inimigos que se aproximassem, mas do qual agora não precisavam ter medo;

afinal de contas, o rastrilho já está mesmo aberto, sinal de que os visitantes são muito bem-vindos. Quem gostou daquele tom jocoso foram os expatriados, que já haviam estado aqui na infância, com a escola ou com a Juventude Hitlerista. Jonathan também estava encantado com essa mulher, ela seria necessária no rali, e aquele mesmo tom ele precisava imprimir ao artigo. Em princípio anedótico, porém fugia do básico. Mas não podia exagerar! Pois era preciso contar com a presença de membros da União Democrata-Cristã entre os pilotos de testes, possivelmente até da conservadora Baviera, e então poderiam ficar com raiva do artigo e talvez escrever alguma coisa maldosa sobre os carros da Santubara!

Os adolescentes de Bremen anotaram o termo "balestreiro". Era um exemplo característico da crueldade alemã; eles poderiam usar durante a reunião plenária em Bremen. Será que não podia mostrar mais balestreiros, perguntaram à guia, e por que motivo as barras de ferro do rastrilho são pontiagudas na parte inferior? Será que poloneses tinham sido deixados ali embaixo para serem torturados até a morte? Já não viam a hora de visitar os calabouços subterrâneos e ficavam o tempo todo olhando se não estavam chegando aos calabouços subterrâneos, com correntes nas paredes cheias de fuligem e palha apodrecida no canto.

Jonathan ficou matutando sobre defesa passiva: portões, muralhas e a ponte levadiça por si só — ficou impressionado com a coerência da ideia de defesa do castelo, haviam pensado em tudo. De onde a fortaleza tirava água quando era sitiada, gostaria muito de saber, e quantas pessoas precisavam ser alimentadas aqui? "Inexpugnável", a palavra lhe veio à mente, "este castelo-forte certamente era inexpugnável". Ele próprio não era do tipo que se isolava, via-se muito mais como uma gazela no hábitat natural — quando o perigo se aproxima, a gente acaba mesmo é dando no pé!

A mulher conseguia responder a todas as perguntas. Sabia inclusive que cada morador do castelo comia quatro quilos de carne por dia.

Os prussianos do Báltico, a Ordem dos Cavaleiros Teutônicos, o grão-duque Jagelão da Lituânia, Batalha de Tannenberg, primeira e segunda divisão da Polônia: a mulher também dava aulas de história, como acontece em toda visita guiada, em qualquer país da terra: contou que na Polônia, após a guerra, quando o castelo estava em ruínas, havia três opiniões diferentes, que ela explicitou: derrubar tudo, ou usar o material como pedreira, ou reconstruir. Como a terceira opinião foi a vencedora, ela agora tinha esse trabalho.

Diziam que os prussianos, após retomarem a posse do castelo no século XVIII, imediatamente o teriam demolido, deixando-o em pedaços — um dado que os secundaristas de Bremen não poderiam usar no relatório. Isso cheirava mesmo era a desarmamento! Somente ao ficarem sabendo que depois os prussianos haviam transformado o Castelo Alto numa caserna foi que se reanimaram. Também gostaram de saber que o grande refeitório situado no Castelo Médio fora utilizado como área de exercícios militares. Janelas tapadas com tijolos? Azulejos arrancados? Abóbada rachada? Mas que coisa fantástica! Bem a cara dos alemães!

O grupo de expatriados não ficou muito animado com esses fatos, ainda mais relatados por uma polonesa, não gostaram nada disso. Mas aqueles senhores puderam observar que os prussianos acabaram ajeitando tudo de volta no lugar. E graças ao arquiteto Friedrich Gilly, que desenhara as ruínas e mostrara os esboços ao rei prussiano, que, por sua vez, pôs fim à barbárie e restaurou o castelo à antiga glória...

A sra. Winkelvoss perguntou a Jonathan se aquilo lhe interessava? O que tem a dizer? E se fica pensando que precisará escrever um artigo sobre o assunto?

Agora começava a chover, os visitantes abriram os guarda-chuvas que tinham à mão ou simplesmente se cobriram com jornais, e a guia sugeriu que entrassem e deixassem por último a visita aos pátios. Desse modo, pouco depois estavam diante da Sala do Capítulo, "onde todas as reuniões aconteciam", explicou a guia num alemão com sotaque polonês.

Quando Jonathan viu as colunas esguias e as abóbadas suaves, pensou nas suas deusas nórdicas — por que não incluir um artigo sobre as fortalezas do norte? E então pegou o bloco e anotou: "Deuses do norte!". Mas de alguma maneira isso não dava certo — fortalezas também eram, de qualquer forma, do gênero feminino.

Agora a guia referia coisas do cotidiano que interessavam a todos: levantou uma tampa de latão e apontou para a abertura, de onde saía ar quente durante o inverno. Também mostrou os buracos na parede, através dos quais era possível fazer escutas secretas do que era falado na igreja. Também mostrou a caixa-forte, mas, é claro, vazia, dentro da qual, no auge da Ordem dos Cavaleiros Teutônicos, eram guardadas 5,8 toneladas de ouro, portas duplas, janelas gradeadas. "Deve-se observar que a contabilidade era feita com muita exatidão..." Segundo a guia, os livros contábeis não haviam sido queimados; encontravam-se em Göttingen. Os expatriados respiraram com alívio, enquanto os secundaristas se permitiram perguntar quando esses documentos seriam mandados de volta.

A guia não reagiu à pergunta dos jovens. De alguma maneira, preferia os velhos expatriados. Talvez o motivo fosse que aqueles quatro alunos estavam sempre cochichando entre si e sempre olhando na direção contrária. Guias de turismo não gostam muito disso.

Na caixa-forte, um baixo-relevo antigo chamou a atenção de Jonathan: Jesus, aos doze anos, no templo, e a Sagrada Família procurando o menino. Perder-se e ser procurado. Quem é procurado não está perdido, pensou e ficou imaginando se, naquele mês de fevereiro de 1945, o tivessem abandonado: "Ele vai acabar mesmo morrendo...", e então teria sido criado por desconhecidos, talvez poloneses, e quiçá agora precisasse conseguir o ganha-pão trabalhando como restaurador e ficaria irritado com alemães que fizessem comentários depreciativos sobre poloneses... Mas também era possível que o destino brincasse de outra forma consigo, e ele fosse obrigado a ganhar a vida vendendo salsichas numa barraquinha de comida: nesse caso, os alemães seriam bem-vindos.

No refeitório de verão, no qual entravam agora, havia uma exposição de desenhos a carvão feitos por um artista polonês. Representações dos campos de concentração no estilo de Käthe Kollwitz: criaturas esquálidas agarradas à cerca elétrica da zona de combate, oficiais da SS atabalhoados fazendo a ronda enquanto riam. Os expatriados trataram de passar ao largo desses testemunhos da história alemã, enquanto o professor de Bremen se animou. Aproximou-se dos desenhos e explicou aos alunos o que era uma cerca elétrica e que a gente consegue identificar donos de cães pastores a trinta metros. Um dos alunos pôs a câmera diante do olho e fotografou os quadros. Será que não havia um catálogo, quis saber. E será que o artista porventura estava presente? Queriam conversar com ele.

Os expatriados procuraram seguir caminho rápido, porque um deles havia cumprido pena em Dachau, ainda não conseguira superar. Não contavam que seriam confrontados com isso aqui, esperavam que o homem não surtasse!

Quanto tempo essa exposição ainda ficará montada, quis saber a sra. Winkelvoss e ficou conjecturando se os jornalistas também precisariam vê-la. Talvez acabasse tendo um efeito desagradável sobre a venda dos carros.

Entrementes, o pequeno grupo caminhara um pouco mais. Tudo era explicado, até o comprimento do corredor que levava ao toalete, sessenta metros, um demônio alado mostrava a direção, alado porque, afinal de contas, num caso desses é preciso se apressar... Também foi mostrada a latrina, o toalete do grão--comandante, uma construção no estilo de torre. Nas tábuas do assoalho, um buraco através do qual pessoas malquistas eram lançadas e acabavam morrendo afogadas no Nogat. Segundo diziam, pessoas malquistas eram convidadas, e então serviam quatro quilos de carne por cabeça para em seguida serem empurradas buraco abaixo. E nessa hora também falavam que, se tivesse bebido demais, a pessoa não deveria ir tomar banho.

"Mas sugiro que não acreditem nisso, pois não passa de uma lenda sem confirmação..."

Através de uma claraboia olhou para o interior da igreja lá embaixo, ainda estava em ruínas — em 1945 soldados alemães tinham se defendido aqui e também guardado a sua munição, e tudo voou pelos ares.

Os expatriados, que de vez em quando trocavam olhares eloquentes ou continham o riso, porque na verdade achavam alguns dos pormenores um pouco exagerados demais, sabiam que o castelo tinha voltado a se incendiar em 1959, depois de restaurado. Esfregaram essa história na cara da guia. Conforme contaram, a TV polonesa pretendia eternizar num filme o trabalho realizado pelos restauradores, mas nisso ocorreu um curto-circuito e tudo queimou, é verdade, não é? E olhe que foi uma destruição muito mais vasta do que no final da guerra. Então as artes dos eletricistas poloneses não são lá grande coisa? (A intenção era de sarcasmo.) A polonesa não pôde deixar de confirmar, mas retaliou com a pequena jaula no pátio onde os cavaleiros alemães queriam aprisionar o comandante lituano Witold no ano de 1410. Conforme o relato, os cavaleiros alemães haviam pensado que a Lituânia perderia a batalha e que então ganhariam muito dinheiro em troca da libertação do duque lituano, mas aconteceu o contrário! Os visitantes Rosa-Luxemburguenses de Bremen gostaram muito dessa parte, ficaram contentíssimos em saber que os alemães haviam caído naquela esparrela! Ainda se aproximaram da guia e pediram desculpas pela maneira daqueles velhotes que depreciavam os trabalhadores poloneses. E que ela ficasse sabendo que nem todo alemão pensava assim! Acrescentaram que existe uma outra Alemanha e que, por favor, levasse isso em conta, uma Alemanha que é progressista e está do lado dos países que amam a paz.

*

Também visitaram o salão de jantar e a cozinha na qual outrora eram assados bois inteiros, envoltos em barro, para que a gordura não se perdesse. Depois disso, veio a vontade de tomar uma xicarazinha de café. A sra. Winkelvoss, que acompanhara a visita guiada inteira com uma prancheta cor-de-rosa na mão, sobre a qual ia marcando num pedaço de papel sinais de mais e de menos, deu uma nota de dez marcos à guia e avisou-a sobre o rali, que certamente ainda lhe proporcionaria algumas dessas notas de dez marcos. Anotou o nome da mulher para que ela e apenas ela tivesse o prazer de guiar aquele grupo tão aguardado.

As senhoras dos expatriados entregaram à guia um envelope com dinheiro. Será que podia fazer a gentileza de encaminhá-lo à administração do castelo? E disseram estar muito contentes por rever esse lugar da infância...

O café do castelo estava reservado para os expatriados, coisa que foi registrada atentamente pelos alunos de Bremen, que se sentaram sobre a muralha com latas de coca-cola, onde, contudo, foram importunados pelas crianças polonesas, que também queriam beber coca-cola. Será que não sabiam que coca-cola é um símbolo do imperialismo norte-americano?, disseram os alunos de Bremen, fazendo gestos de desprezo.

No café Zamkowa ainda havia biscoitos, e os três representantes da Santubara receberam café *naturalna*, uma mistura de pó de café e cevada torrada. A sra. Winkelvoss se decepcionou: estava com uma vontade louca de tomar café! Mas, no final de tudo, também acabariam aguentando aquilo, havia outros problemas no mundo. Afinal de contas, durante a guerra, aqui com certeza também não havia café na casa dos alemães.

Hansi Strohtmeyer retrucou que os toaletes lá embaixo, no subterrâneo, estavam num estado impecável, era preciso reconhecer.

## 14

Atravessaram a maltratada cidadezinha de Marienburg e logo foram parados por uma patrulha policial. Os policiais queriam saber se o carro estava autorizado a rodar e se por acaso não tinham percebido que estavam dirigindo em alta velocidade?

Deram uma volta ao redor do carro, a ver se ainda não encontrariam algo ilícito. Olharam pela janela para ver quem ainda estava sentado lá, e Jonathan, que, todo inocente, examinava mapas em língua alemã — "Christburg", "Preußisch Holland", que lindos nomes! —, teve de apresentar o passaporte. Trêmulo, tirou-o do bolso do paletó.

Hansi Strohtmeyer foi obrigado a reduzir o estoque de moedas da fábrica Santubara — coisa que fez com bastante serenidade. Os policiais não entenderam a palavra "recibo". Mas quando disse: Agora tratem de seguir o caminho de vocês!, isso eles entenderam, e ainda houve negociações numa linguagem macarrônica.

Depois de superarem a situação, dobraram na esquina seguinte e pararam em frente a um açougue. Hansi queria comprar linguiças Cracóvia, *"Krakowska kiełbasa"*, que aqui com certeza custavam apenas alguns centavos de marco. Mas não havia linguiças Cracóvia nesse estabelecimento; embora acima da porta houvesse uma placa onde se lia: "charcutaria fina", não havia linguiças Cracóvia nem em troca de dinheiro nem de boas palavras — as donas de casa que estavam na fila para comprar tripas olhavam perplexas, como se alguém tivesse pedido algo imoral —, ele podia ter comprado algumas tripas e pés de porco cortados e bem lavados (os cascos limpos com uma escova de unha). Do lado de fora, o carro da polícia vinha chegando sorrateiramente, que diabo é que já está acontecendo de novo por aqui? Parar em frente a um açougue? Será que estão querendo estacionar aqui por toda uma eternidade? Pois tinham de se ater um pouco às leis do país.

Hansi Strohtmeyer anotou, de forma ostensiva, o número da placa do carro dos policiais e disse: "Gabinete de Turismo", e aí as coisas se acalmaram.

Quando ele pensa, disse, como foi amável com os poloneses durante toda a vida quando os encontrava na Alemanha — sempre mostrava o caminho etc. Pois, agora, eles que vão pentear macacos! Da próxima vez que algum polonês lhe perguntar um endereço em Hamburgo, como é que se chega na Reeperbahn, vai mandá-lo para o Jardim Botânico.

Então seguiram em frente, isto é, na direção de Dzierzgoń, ou seja, Christburg: "Cuidado com o declive, depois desvio à esquerda!", e enquanto a viagem transcorria por uma maravilhosa alameda de carvalhos, a sra. Winkelvoss recitou a segunda parte do relatório dela sobre a adoção da criança, os antecedentes da história, como acabara tomando a decisão de adotar uma criança estrangeira: o gênero da palestra diferia das coisas que normalmente contava. Num discurso com estrutura dramatúrgica, enumerou os mais diferentes esforços que fazia para manter o próprio corpo em ordem: meditação, dieta e exercícios físicos. Nada podia ser feito!

"Então quer dizer que durante anos você economizou anticoncepcionais", afirmou Hansi Strohtmeyer cruamente.

O lado deprimente de um exame ginecológico foi ressaltado com uma retórica brilhante. Segundo ela, realmente era um escândalo a mulher ficar totalmente à mercê de um ginecologista, além do fato de a ciência ainda não ter inventado nenhum outro método de exame. A sra. Winkelvoss começou a demonstrar, dentro daquele carro altamente confortável, mas um tanto apertado, a posição certa para ficar sentada na cadeira de todas as cadeiras.

Jonathan conhecia essas cadeiras, uma vez fora a um proctologista, e o tratamento recebido lhe fizera bem.

O carro se movia suave pela estrada esburacada, e Jonathan ficou admirado com os isoladores de porcelana nos postes de telégrafo: em fotos antigas da terra natal vira algo assim. Certamente ainda são da época alemã, pensou. As árvores da alameda também! Deviam cortar uma dessas árvores e contar os anéis de crescimento. Cem anos de idade? Árvores na beira da estrada chegavam a cem anos? Antes da guerra, os relatórios de férias do istmo da Curlândia eram transmitidos pelas linhas telefônicas, informando que o tempo estava fabuloso e que Elke nadava pela primeira vez. Thomas Mann em frente à sua casa em Nidden, com sapatos brancos... Depois as notícias militares passaram a ser enviadas pelos fios telefônicos, primeiro triunfantes, depois deprimentes. Solicitações hesitantes vindas da região do Ruhr: totalmente destruído pelo fogo, será que não seria possível arranjar mais um galpão em Gumbinnen, onde fosse possível se abrigar? Gumbinnen — seria mesmo um lugar bastante seguro? E por fim as últimas notícias, como nas ondas curtas de rádio, quase ininteligíveis: pelo amor de Deus, os russos estão chegando...

Uma casinha de guarda ferroviário, com a metade queimada, faias, tílias ao redor, ainda da época do império, um jardinzinho descuidado com cerca quebrada, dálias, crisântemos. Foi a casa onde ocorrera uma vendeta em 1945, uma vez lá, uma vez cá, os gritos das vítimas ainda estavam agarrados às copas das árvores.

Jonathan pensou que seria bom morar numa casa assim, no isolamento total, com cachorro e sem mulher? Mas era melhor não, à noite invadem com uma faca na mão, e onde é que a gente vai conseguir pãezinhos de manhã cedo nesta região abandonada?

Era confortável andar naquele carro. Infelizmente os dois lá na frente fumavam; Hansi Strohtmeyer, cigarros egípcios, e a sra. Winkelvoss, cigarrilhas da grossura de um palito de fósforo numa piteira dourada: a cada tragada as baforadas passavam para trás, não conseguiam ser expulsas através do engenhoso sistema de ventilação interna, que, como qualquer sistema de ventilação interna de automóveis no mundo inteiro, se revelava um fracasso. A corrente de ar que saía pelos dutos soprava os cabelos finos de Jonathan para a frente. Por fim, abriu a janela e deixou-a aberta, embora uma corrente de ar atingisse a nuca de Anita.

Após a sra. Winkelvoss concluir o segundo capítulo do relatório — a ideia de adotar uma criança, salvá-la, portanto, e descobrir que um projeto desses implicava uma lista de espera —, foi ficando inquieta. Então disse que precisava ir à "casinha", e Hansi Strohtmeyer chegou a ter a indelicadeza de perguntar se era número um ou número dois?

Precisava regar a horta, fazer xixi, para ser mais clara, já não estava mais conseguindo segurar.

Não deixava de ser uma cena muito peculiar ver essa mulher metida numa blusa bufante, envolta em lenços de todas as cores e com vinte e seis correntes penduradas (em torno da cintura um cinto de latão), trajando uma calça Aladim preta, calçando sapatos de salto alto e apressando o passo bosque adentro. Se houvesse macacos naquele bosque, pulariam de árvore em árvore para segui-la.

Os homens também desceram do carro e se alongaram. Depois caminharam na direção oposta por uma estrada asfaltada e estreita, bloqueada por um portão enferrujado e torto, que ainda estava agarrado às dobradiças. Havia uma placa escrita em polonês indicando que ali a passagem era proibida. Portanto, pularam o portão e entregaram-se às descobertas. Fazia tempo que não passavam veículos naquela estrada; através do asfalto, vários tipos de plantas haviam surgido, abrindo caminhos.

"Mas uma coisa dessas não existe", disse Hansi Strohtmeyer, "bem que dava para rodar uma porção de filmes por aqui!" Aquele russo, como era mesmo o título, isso aqui o fazia se lembrar daquele filme.

Por fim, encontraram uma fábrica meio decadente, daquele tipo que se encontra também na Alemanha quando se viaja de trem olhando atentamente pela janela. Dos pavilhões só restavam as paredes externas, e a chaminé estava quebrada. Fazia um grande silêncio, o farfalhar das árvores, céu azul, e lá em cima, circulando no ar, duas aves de rapina.

Jonathan lembrou-se da *Documentação sobre a expulsão dos alemães da Europa Oriental e Central* que comprara em Hamburgo, mais precisamente da história sobre uma fábrica abandonada que precisou ser usada como "campo de internamento" para alemães, um campo no qual as pessoas morreram de fome ou foram assassinadas ou sucumbiram ao tifo. Detalhes horrorosos registrados oficialmente em homenagem ao dia de São Nunca. Será que teria sido esta fábrica?

Hansi Strohtmeyer quebrou algumas das últimas vidraças intactas. Contou que gostava de pescar e tudo o que já pescara.

E Jonathan se indagava por que ele não deixava os peixes em paz; para comer, também se pode abrir uma lata de conserva.

Voltaram-se para o outro lado: Que árvores grandes são estas, com certeza cem anos de idade, deve ser o mínimo! E acrescentou que os poloneses certamente não têm noção nenhuma de silvicultura. Não haviam abatido os últimos cavalos selvagens? E os bisões? Tudo o que poderiam obter aqui com métodos do livre mercado! Criar cervos e mandar capitalistas alemães ocidentais abatê-los em troca de *money*.

Numa clareira esbarraram num cemitério coberto de hera. Aqui jaziam, nas sepulturas, poloneses obrigados a trabalhos forçados, como puderam ver, e logo ao lado dois túmulos de soviéticos, pequenas pirâmides com uma estrela vermelha em cima.

"Onde terão enterrado os alemães!"

Nesse meio-tempo, as coisas não haviam sido fáceis para a sra. Winkelvoss. Quando voltou das necessidades fisiológicas, viu dois homens em pé ao lado do carro, mexendo no veículo da mesma maneira que fazem os babuínos nos zoológicos do tipo *drive-in*. Um deles havia se sentado dentro do carro limpinho e girava o volante, enquanto o outro pusera o boné modelo príncipe Heinrich da Prússia, pertencente a Hansi Strohtmeyer, e remexia na cesta de piquenique. Anita não conseguira mais se esconder. Já tinha sido vista: não daria para bater em retirada.

Teve então de se submeter aos assédios dos dois sujeitos, e um deles, que acabava de tomar um gole da garrafa de vodca e estava pondo a tampa, já começou a contar quantas voltas de colares a mulher tinha em torno do pescoço. A abordagem dos homens estava bastante avançada quando Jonathan e Hansi Strohtmeyer voltaram do bosque. Chegaram bem na hora!

Por um instante, Jonathan pensou em fugir. Seria morto aqui? A tarefa dele era escrever um artigo sobre os bens culturais da República Popular da Polônia. Não falaram nada sobre a história de um assassinato que vinha para cima dele! Já conseguia enxergar a notícia nos jornais: encontrados mortos jornalista alemão e célebre piloto de carros; mulher é estuprada várias vezes. Mas o assassinato e o homicídio não aconteceriam aqui e agora. O homem ao volante ligou a ignição, e o outro saltou para o banco traseiro, e os três observaram o belo automóvel com motor de oito cilindros desaparecer.

"Não há nada que possamos fazer", disse Hansi Strohtmeyer em dialeto do norte da Alemanha depois que a poeira baixou. "Agora temos de dar o fora."

E então trataram de pôr o pé na estrada, agora na condição de vagabundos. Mas que coisa! Carro perdido, toda a bagagem, os passaportes! Dinheiro!

Pelo menos Jonathan manteve a carteira e o grande mapa da Polônia com os topônimos em alemão, e também a câmera portátil. Mas todas as anotações foram para o brejo! Como escrever um artigo sem anotações! Sem falar que ainda precisava fugir do básico!

Quanto a Strohtmeyer, perdera o boné que já o acompanhara na África e o paletó de tweed, que não era nada tão especial, mas fora comprado em Londres e custara bastante caro. Anita Winkelvoss e suas toneladas de roupas — não lamentou, pelo contrário. Que bacana, disse, agora poderia finalmente voltar a comprar um montão de roupas em Frankfurt.

Os dois primeiros quilômetros foram percorridos enquanto enumeravam entre si tudo o que fora perdido. Como na guerra após os ataques aéreos! Jonathan lembrou que agora o endereço da família Kuschinski também tinha ido para o beleléu. O que pensariam dele se nunca mais mandasse notícia? Aí a sra. Winkelvoss torceu o pé, o salto do sapato esquerdo partiu-se, obrigando-a a tirar as "sandálias", como ela mesma dizia, jogá-las no mato e sair caminhando descalça com pezinhos firmes pela natureza, aves de rapina ainda rondando sobre a cabeça, e teria mesmo adorado gritar "iuhuuuu"! "Que bacana essa experiência que estamos vivendo!"

Então ela era louca pela natureza quando criança? Fazia movimentos com os braços como se estivesse remando para respirar ar puro e adorava rosas trepadeiras e cavalos: gostava de sentir uma coisa viva entre as pernas, e assim eles tinham comprado um pônei para Cariossa, e um dia a menina poderia acompanhar os pais cavalgando nele, e depois ficou sabendo que o marido era campeão de corrida de coches puxados por oito cavalos. Por fim, estava tão cheia de si que empurrou Hansi Strohtmeyer, e este fez o favor a ela de cambalear para o outro lado da estrada, que realmente era maravilhosa, mas ali no momento não cruzava nenhum veículo, nenhum polonês, nenhum turista, nenhum ônibus alemão-ocidental brilhando de limpo, tampouco um triciclo motorizado com uma capota de cor vermelho-alaranjada.

Nos quilômetros seguintes, a caminhada virou uma espécie de caça aos ovos de Páscoa. Tiveram de sair catando os seus pertences que os poloneses haviam jogado pela janela do carro. A primeira coisa que encontraram foi a prancheta cor-de-rosa de Anita; depois, pendurado em arbustos, o paletó de tweed de Hansi, de Londres, seiscentas libras esterlinas, e tinha até o passaporte no bolso interno, o que levou Strohtmeyer a perguntar se, quem sabe, eram "poloneses brancos", oponentes do Exército Vermelho? Ou seja: pessoas que ainda são capazes de sinais de solidariedade?

Quando finalmente chegaram às margens de um lago, com bancos para descansar e um pequeno estacionamento, viram que os poloneses haviam se comportado como europeus: embora tivessem arrombado as malas, pelo menos as tinham deixado ali — a bolsa de Jonathan também estava junto. Os papeizinhos com as anotações esvoaçavam pelo ar como uma nevasca sobre a estrada. Claro que o dinheiro desaparecera, não havia dúvidas, e Anita sentiu falta da sua pulseirinha do Rio, ficando triste por alguns instantes. Na verdade, ela a comprara bem barato quando foram buscar Cariossa, mas esqueçamos isso, o que importa é estarmos com saúde. Enquanto juntavam e separavam os pertences, viram aproximar-se, de longe, o ônibus alemão-ocidental dos expatriados. Os três correram até a estrada acenando com a mão: Parem! SOS! Mas o motorista não parou, foi passando suavemente ao largo deles, e as pessoas no interior do veículo olharam para aquelas pessoas esquisitas que corriam e acenavam.

Hansi Strohtmeyer tomou a iniciativa de continuar a marcha sozinho e providenciar algum calhambeque. Mesmo sendo piloto de corridas, também levaria tempo. Instruiu os dois a ficarem sentados esperando. Um enorme e velho carvalho, rachado por um raio, poderia servir como um ponto de referência para os reencontrar.

Então Strohtmeyer desapareceu, e os dois arrumaram as malas e bolsas, sentaram-se num banco e ficaram olhando para o lago que um dia fora alemão, com peixes alemães no interior, em cujo gelo, durante o inverno, enfiavam uma estaca para as crianças brincarem de carrossel com patins, e o gelo era tão transparente que era possível ver os peixes lá embaixo.

Anita ainda sentia nojo dos dois poloneses, afirmando que aquilo não era coisa fácil de tirar da cabeça, e contou mais uma vez, com exatidão, como o sujeito a havia bolinado, e que mandaria primeiro lavar todas aquelas coisas ao chegar à Alemanha, era mais que óbvio. Acocorou-se perto da água e lavou as mãos, dizendo: Eca! Que nojo, e Jonathan ficou pensando nas mulheres de 1945, no que tinham passado quando os russos chegaram, e pensou: "Tá vendo!".

Meu Deus, o carrão lindo! Era bem possível que os poloneses fossem transportar gansos nele!

Jonathan disse que não acreditava que os poloneses fossem transportar gansos nele. Se surgisse um potente com motor de oito cilindros por aqui em algum lugar, imediatamente os bandidos seriam detidos. Não, nada de gansos. Com certeza o carro seria levado para outro lugar, talvez para Varsóvia?

Essa roubalheira era também um tipo de reparação...

"Quando a gente vê essa natureza", disse, por fim, a sra. Winkelvoss, "um lago atrás do outro, e vivalma em nenhum lugar!" E destacou o capital que isso representa, afirmando que aqui a gente pode surfar ou velejar muito bem ou mesmo simplesmente nadar... "Construir um hotel aqui, com um café — realmente seria uma mina de ouro!" E acrescentou que não se pode encontrar um lago como este em lugar nenhum! E que a sua maior vontade era tirar a roupa e se lançar na água.

Jonathan perguntou se ela sabia dar um assovio com a ajuda de dois dedos; não, a sra. Winkelvoss não sabia, só conseguia dar um assovio comum, mas apenas se ninguém a fizesse rir. Jonathan também não sabia assoviar. Bateu palmas, e então se ouviu um eco, mas talvez fosse melhor deixar as palmas de lado, pois poderiam aparecer outros sujeitos, e então ficariam totalmente à mercê deles.

Era a corrente de ar fresco vinda do lago ou era a urbanidade dele? Buscando aconchego, a sra. Winkelvoss foi se jogando um pouco para cima de Jonathan. Porém, Jonathan não se sentiu muito animado. Ela queria agarrá-lo? Na verdade, com a gravata-borboleta de bolinhas e o paletó italiano, ele se sentia um tanto deslocado ali ao ar livre.

Perto havia um galpão, estava escuro, e de lá saía um cheiro de óleo de antraceno. A petulante sra. Winkelvoss examinou o galpão, havia dois barcos lá dentro, e chamou Jonathan para ajudar!

Com dificuldade, puxaram um dos barcos e o empurraram para dentro d'água. "Este aqui nós vamos afundar!", disse a sra. Winkelvoss, e ficou claro que a coisa não era assim tão fácil.

Quando finalmente conseguiram, Anita começou a falar asneira e já foi perguntando se Jonathan era mesmo um cara rabugento? E que não era fácil para uma mulher manejar um homem...

Jonathan fez de conta que não estava entendendo nada, e talvez realmente não tenha entendido.

Anita logo em seguida mencionou que o marido era um inútil e que tinha namoradas por todos os lados! e que essa parte era a melhor! Por que ela, como mulher, também não podia pegar um homem? era uma coisa que não entendia. Nesse instante, Jonathan não se sentiu homem, mas sim um menino indo para a escola com a mochila nas costas, e dava para ver um pedaço de pano que usaria para limpar a lousa saindo de dentro da mochila. Não reagiu aos flertes dessa mulher madura, e por fim Anita entregou os pontos. Despiu-se e, de braços abertos, foi entrando na água escura e fria do lago, passo a passo. Roçou as mãos sobre a superfície da água, finalmente se lançou no lago e ficou nadando, ora se aproximando e ora se distanciando da margem, ou seja lá como se chama isso.

# 15

Três horas mais tarde, Hansi Strohtmeyer chegou dirigindo um carro alugado. No posto policial dera muitos telefonemas. Claro que o carro com motor de oito cilindros já era, mas poderiam contar com o carro dos técnicos em Sensburg, e naturalmente seriam indenizados por todos os bens perdidos. A fábrica Santubara, que financiava inclusive uma orquestra sinfônica, era mão aberta no tocante a questões sociais. Maravilha era aquele arranhão comprido na lateral, serviria para diminuir o valor do veículo.

Tão logo avistou Hansi, a sra. Winkelvoss ficou meio alvoroçada. Tinha feito umas trancinhas no cabelo molhado: Ai, ai! Agora é rumar para o hotel pelo caminho mais rápido! Era o único desejo da mulher, e ela deu corda em Hansi Strohtmeyer para ele dirigir pela alameda ladeada de árvores o mais rápido possível, pois aos poucos estavam conhecendo o caminho, no fundo sempre a mesma coisa. O Automóvel Clube da Alemanha deveria vir um dia aqui, acabariam abatendo aquelas árvores!

Também atravessaram as várias aldeias e cidadezinhas que Jonathan, na verdade, teria adorado conhecer. Consultando o mapa e o guia de viagem, acompanhava o itinerário na esperança de conseguir, naquela rapidez, apreender a cultura que ainda restava e que poderia ser útil para o rali.

Velozmente iam cruzando aldeias, em cada uma delas um quiosque gradeado — *"Frytki"*[8] — e roupas penduradas nas cercas, além de cabras, ovelhas, casas com telhado de flandres. Na beira da estrada havia uma vaca que levantou a cabeça: "É bom lembrar que nossos carros têm um cárter para o óleo", disse a sra. Winkelvoss enquanto passavam trovejando por estradas de paralelepípedos. Como agora tinham uma placa polonesa, não eram mais parados.

Feixes de cereais pelos campos, um cavalo sendo açoitado porque não conseguia puxar a carroça, um bezerro amarrado num cercado de madeira em cima do reboque de uma carroça com pneus de borracha, enormes flores de umbelíferas e uma freira com um carrinho de mão. Novas construções começadas e abandonadas — isso tudo ia passando ao largo. Allenstein — ah, meu Deus, claro. Olsztyn. "Tomar nota para sempre." De forma precipitada, os alemães haviam abandonado essa cidade em 1945, ainda tinham ido ao cinema à noitinha, e na manhã seguinte os russos chegaram. A cidade inteira, sem nenhuma destruição, caiu nas mãos do afamado exército soviético, e em seguida a incendiaram, inclusive as lojas, embora as mercadorias pudessem ter sido muito úteis para eles.

Todo tipo de fábricas, montes de escombros, aglomerações de pessoas na porta de entrada de todo e qualquer ônibus — pois agora, em Allenstein, fariam uma parada.

Mal chegaram e avistaram um bêbado deitado meio atravessado na calçada — as pessoas passavam desviando dele. Isso

---

8. "Batatas fritas" em polonês. (N. T.)

também havia no Canadá, disse Hansi, índios embriagados, ele tinha visto uma vez em Calgary, em fileiras, apinhados uns nos outros. Mas uma moça com uma vaca num terreno cheio de escombros na área central da cidade, isso era novidade.

Enquanto Hansi Strohtmeyer saiu para telefonar, para saber se amanhã com toda a certeza o carro dos técnicos estará à disposição — e quando a gente precisa desses homens, eles não aparecem —, Jonathan foi passear de um lado para o outro da cidade, fazendo anotações. O castelo com o Museu Copérnico (fechado às segundas-feiras), um portão da cidade e a igreja de Santiago: da mesma linhagem das deusas nórdicas. No mercado, camponeses e comerciantes haviam exposto mercadorias pelo calçamento: repolhos, cenouras, balas caseiras, roupas ocidentais, torneiras enferrujadas, sapatos usados. Como num mercado de pulgas em Hamburgo.

Jonathan já queria retornar ao carro quando percebeu um homem velho de calça manchada de urina com detalhes no estilo montaria que havia colocado alguns livros no chão diante de si, clássicos russos, um livro de cânticos, jornais e: um álbum de fotos. Jonathan pegou o álbum e começou a folhear. Ao que parecia, ali estava documentada a vida de uma família alemã, começando em 1922 com a foto de um casal de noivos, e as últimas já eram de 1944, uma foto do pai morto. O ano de 1936 também estava representado, Jogos Olímpicos de Berlim, duas mulheres gordas com bolsinhas minúsculas ao pé do Portão de Brandemburgo: cada cruz suástica fora cuidadosamente eliminada.

A sra. Winkelvoss ficara no carro, os vidros das janelas fechados. Havia alguns adolescentes vagando por perto. Tinha a impressão de que estava condenada a ficar ali esquecida; já estava esperando havia exatos quarenta e cinco minutos!, disse a Jonathan, ao ser indagada como tinha passado.

Não tardou muito e Hansi também reapareceu dizendo: "Tudo em ordem!". Fez alguns comentários sobre os muitos cachorros que havia na cidade, um bando de vira-latas. Se a gente tivesse de desmembrar todas as raças ali contidas, daria muito trabalho. Disse que havia encontrado um estabelecimento onde talvez pudessem comer algo?

Contaram o dinheiro que Jonathan salvara e depois seguiram em frente com Anita ladeada pelos dois homens, e se sentaram no café que ainda era dos anos 1930, e tentaram explicar à garçonete que estavam com fome. "Papar, papar", como Hansi disse, "*eaten, kuscheiten... manger*!...", disse, misturando inglês, russo, alemão e francês. Tudo indicava que naquele café, onde antigamente uma fatia de torta com cobertura de creme amanteigado custava trinta e cinco centavos de marco alemão, agora somente havia cerveja. Mas então veio o garçom e ofereceu salada de peixe.

Enquanto aguardavam a salada que o garçom fora comprar na loja ao lado, Jonathan consultou o guia de viagem. Ali dizia que 97,7% dos eleitores de Allenstein tinham votado em 1920 em favor da Alemanha, somente 2,3% haviam ficado do lado da Polônia. Será que hoje ainda haveria dois por cento de alemães em Allenstein?

Fosse como fosse, o estabelecimento ainda tinha uma cara indisfarçável de Alemanha. Reparações — quanto de indenização o antigo proprietário teria recebido.

Jonathan pegou a câmera portátil na bolsa e tirou algumas fotos da parede, adornada com lambris no estilo art déco. Teria sido melhor desistir dessa ideia, pois pouco depois uns homens se levantaram lá atrás e "assumiram uma atitude ameaçadora". Como era que ele se arvorava em tirar fotos deles etc.

Jonathan tentou explicar como ainda é maravilhosa a decoração da parede, esses lambris sensíveis, e não tinha tirado fotos deles, mas sim apenas dessas estruturas magníficas... E também tentou, como Hansi tentara com os homens lá no bosque, racionalizar as diferenças, mas não surtiu efeito. Foi agarrado pelo colarinho e empurrado contra a mesa, e o homem que o agarrara fez um movimento brusco e deu um soco no ombro dele. Na verdade, queria mesmo era acertar o queixo de Jonathan, mas também não é tão fácil assim atingir um queixo, pois nem sempre os boxeadores conseguem essa façanha no ringue. Formou-se uma grande confusão, mas Hansi Strohtmeyer acabou intervindo, e, só agora fora possível constatar, ele tinha braços bastante fortes...

Quando o garçom trouxe a salada de peixe, os grosseirões largaram o osso, e Jonathan e os companheiros empreenderam fuga.

Segundo Strohtmeyer, só podiam estar fazendo corpo mole no trabalho, aqueles sujeitos que matavam tempo sentados no café em vez de carregar pedras no canteiro de obras, e talvez agora tivessem pensado que estavam sendo fotografados e que isso poderia gerar uma denúncia...

Trataram de escapar dali a bordo do "calhambeque chocalhante" o mais rápido que desse, como se estivessem sendo perseguidos. A sra. Winkelvoss dividiu as últimas balas para a garganta a fim de combater a fome.

"Que bom que não comemos a salada de peixe", disse Hansi Strohtmeyer. Contou que uma vez comeu salada de peixe em Recife e depois passou três semanas hospitalizado.

Já era bastante tarde, e na escuridão deram de cara com carroças puxadas a cavalo sem sinal de luz, e a questão era se em Sensburg ainda conseguiriam algo para comer. Diante do hotel estava o carro dos técnicos, e Hansi Strohtmeyer estacionou ao lado dele, acionando os freios. Conseguimos!

Os mecânicos vieram correndo e agiram como se de alguma forma quisessem prestar apoio à sra. Winkelvoss! Era óbvio que estavam com a consciência pesada. Em vez de se manterem ao alcance da vista atrás do carro de Hansi Strohtmeyer, ficaram jogando skat em Sensburg. Travaram uma conversa animada, contaram que haviam esvaziado e, mais uma vez, lavado muito bem o carro da oficina, e quase não havia diferença entre este e o automóvel perdido, ressalvando-se que Jonathan não tinha lâmpada no banco traseiro. Mas ele podia pegar a lanterna, aconselhou o sr. Schütte, entregando-lhe uma caneta-lanterna cujo feixe de luz certamente já teria ajudado a consertar carros. Os mecânicos entenderam que precisavam levar de volta o calhambeque barulhento. Imediatamente trataram de inspecioná-lo.

O general do turismo também já telefonara, fora alertado pela central. Disse que lamentava o ocorrido e que, se os ladrões forem detidos, obviamente receberão uma punição severa.

No saguão o enorme grupo de expatriados alemães entoava canções populares e se balançava para marcar o ritmo: "*Kornblumenblau...*". Eram pessoas, como observou Strohtmeyer, que costumavam reservar uma viagem para Istambul, três dias pela bagatela de noventa e oito marcos.

*Deus nos proteja da chuva e do vento ligeiro,*
*E dos alemães que agora estão no estrangeiro...*

Essas pessoas não tinham noção das experiências que podem ser feitas na Polônia, viajaram até aqui num ônibus totalmente climatizado, com banheiro seco e assentos-leito, e também voltariam para casa nesse mesmo ônibus. E agora estavam ali se sacudindo ao som de canções etílicas, apresentando aos funcionários poloneses a hilaridade especificamente alemã.

O hotel Orbis não disponibilizava jornais alemães, mas uma garrafa de vodca, sim. Aquela noite prometia ser muito engraçada!

Já era tarde quando os três se reencontraram. Ainda havia comida, dava para encarar o cardápio. Primeiro tomaram uma sopa de pão com linguiça, em seguida peito de pato. Segundo a sra. Winkelvoss, o vinho seco tinha um sabor demasiado suave, e Hansi Strohtmeyer opinou que na sopa de pão ainda deveriam ter espalhado uns *croutons*, era assim que a sua sogra sempre fazia. Como acompanhamento do peito de pato, havia batatas assadas na gordura, temperadas com tomilho, o que mereceu aplausos. Mas podiam esquecer a salada, estava na vasilha havia três horas. Parecia aquelas saladas servidas em restaurantes de beira de estrada.

A sra. Winkelvoss recebera uma carta. Em Danzig, se juntaria a eles o sr. Schmidt, o gourmet que conseguira cogumelos na França para oficiais alemães. Já poderiam se informar se era possível comer cordeiro de leite em Sensburg. O melhor era furtar o cardápio e levar. Ela já descrevia de forma mais neutra o medo, sentido no bosque, de ser estuprada pelos dois sujeitos sujos

— aquela história entraria no seu acervo —, finalmente faria o curso de defesa pessoal em Frankfurt que, havia muito, desejava. Pisar no saco dos machos porcos, ainda haveria de conseguir...

Hansi Strohtmeyer, que bebera algumas doses de aguardente, permitiu-se uma observação grosseira. Estuprar? Mas ela não era infértil? Hein? Por que ela fica tão irritada assim? Além disso, revelou aos outros dois convivas que tinha uma mania por ônibus, trezentos e cinquenta cavalos, precisavam imaginar! Pilotar um veículo desses — doze metros de comprimento — através de ruas estreitas, imaginem a sensação! A gente flutua com elegância e suavidade sobre o asfalto. A gente nem escuta o motor, porque fica na traseira, e sequer percebemos as mudanças de marcha. E a direção hidráulica tem uma potência de transmissão incrivelmente alta. Encenou como o motorista fica sentado, numa posição elevada, com a janela abaixo dele. Também relatou que o assento do motorista é reforçado artificialmente e, claro, tem suspensão pneumática. Espelhos retrovisores enormes, eletricamente ajustáveis.

Após o jantar. O hotel se situava às margens de um lago, e a noite era amena. Na escuridão era possível ver que o hotel, na verdade, deveria ter o dobro de área construída. Como um elefante branco, a ala esquerda ficava "bastante sombria ali na outra ponta", como pontuou Hansi.

"Vai ver que faltou a bufunfa para terminarem a obra."

Sentaram-se a uma mesa, e logo veio o garçom trazendo uma *piwo*[9] atrás da outra, enquanto a vodca que eles mesmos haviam trazido ficou sob a mesa.

---

9. "Cerveja" em polonês. (N. T.)

Por um lado, vinha lá de dentro o som de um grupo folclórico polonês que provavelmente ensaiava para um festival de danças típicas; e, por outro, os profissionais de turismo alemães se faziam ouvir entoando canções cada vez mais agressivas, cujos textos graças a Deus os poloneses não entendiam.

Hansi continuou a falar da mania por ônibus, e Anita Winkelvoss contou a história de uma amiga que não tinha noção nenhuma de carros e comprou um Citroën usado, doze cavalos e meio, e foi nesse carro até a Itália e a Espanha sem se dar conta de que o carro tinha uma quarta marcha.

Hansi conseguia imitar o barulho que um carro alemão--oriental da marca Trabi faz durante uma curva, estalando os dedos na hora certa. Também falou do rali na África, atravessando o Saara e depois fazendo o caminho de volta, e também contou que atolara num rio na América do Sul. Em seguida, Anita discutiu em detalhes como Jonathan fora sem noção ao considerar Hansi um "motorista". Será que sabia como Strohtmeyer era famoso nos círculos especializados?

Antes da embriaguez total, o final da noite romântica, na qual a lua também interveio, foi coroado por uma longa piada sobre o dono de uma hospedaria que buscava o hóspede que tinha cagado no ventilador.

## 16

Na manhã seguinte, fizeram a permuta de carros e embarcaram no automóvel dos técnicos: Agora só precisariam ter um pouco mais de cautela e prestar mais atenção!, foi a recomendação que receberam do sr. Schütte da fábrica Santubara. Afinal de contas, não poderiam pôr carros novos à disposição a toda hora!

Afora isso, na parte traseira do automóvel, havia algumas cortesias: uma pasta de couro cinza com bloco de notas para Jonathan e, para cada um deles, uma bolsinha com sabonete, creme hidratante, pasta de dente etc. Além disso, cada um recebeu duzentos marcos, informação devidamente anotada pela sra. Winkelvoss na prancheta cor-de-rosa.

Infelizmente faltava uma manta de lã nova, Jonathan já se alegrara com a possibilidade de se apossar dela.

Na cidade ainda houve uma pequena parada. Voltaram a ser abordados sob a alegação de que um automóvel com motor de oito cilindros estava desaparecido, como disseram os dois policiais, ordenando que todos descessem! Será que poderiam provar que o carro lhes pertencia?

Puderam. Mas também haviam dirigido mais uma vez além do limite de velocidade permitido, e isso foi levado em consideração.

Os policiais eram do tipo bem fominha. Hansi foi obrigado a abrir o porta-malas, a mesma coisa com as malas, e demorou muito tempo, e tudo era muito suspeito. Quando um policial vasculhava o paletó de Jonathan, Hansi perguntou: "Você tem autorização?". E foi o final daquela ação.

Jonathan olhava a paisagem pela janela. Uma carroça passava em frente a eles com um cachorro no eixo das rodas traseiras. Nas aldeias, camponesas que se viravam para ver o automóvel, crianças acenando, uma alameda de salgueiros-brancos com um pequeno riacho.

Hansi Strohtmeyer tentava manter-se o máximo possível no meio, entre as duas pistas. Segundo ele, se aparecesse um cervo, ainda teria um quarto de segundo de tempo para reagir. A certa altura, parou e foi consertar algo no lado de fora do carro, voltando alguns minutos mais tarde.

"O que foi que houve?"

"Um pneu furado."

Jonathan ficou feliz ao ver que a viagem "seguia no rumo certo". Hoje ainda fariam um desvio grande e à noitinha chegariam a Danzig. Pôs em ordem as folhas com anotações que apanhara na estrada. Adicionou mais alguns trechos extraídos do guia de viagem, pois não conseguiriam parar se vissem alguma igreja.

"Como no norte da Alemanha."

"Não deixe nenhum polonês ouvir isso."

Uma maravilha era que esse carro não tinha rádio.

Implacáveis, os dois lá no assento dianteiro seguiam à risca o "livro de orações":

*CUIDADO: PONTE ESBURACADA!*

E de vez em quando a sra. Winkelvoss continuava o relato sobre a adoção: diversas vezes recebera a visita da funcionária da Assistência Social, rendimentos, saúde, certidão de antecedentes criminais, dados dos ancestrais até o bisavô. Tudo precisou ser traduzido e enviado para o estrangeiro, duas pastas com o dossiê. Ah, sim: comprovante de que ela própria não podia mais ter filhos...

Nesse ínterim, passavam por uma aldeia muito bonita e, ao que parecia, muito antiga. Viam-se casas de enxaimel, "construções com mansardas acopladas a uma pérgola" e uma igreja de tijolos vermelhos com torre alta.

Mas aqui Jonathan acabou gritando: "Pare aí!". Os outros dois tiveram um sobressalto: O que seria desta vez; e pararam diante de uma dessas casas antigas que aparentemente estava sob a proteção de algo semelhante ao serviço de patrimônio histórico. Jonathan a fotografou pela parte de trás e da frente, também tirou fotos da cerca feita com estrados de camas velhas. Mas bem que seria uma maravilha, pensou, se aqui estivesse para acontecer um casamento de aldeães, e as pessoas pudessem ser convencidas a permitir que os jornalistas do rali participassem, em troca de dinheiro, é claro...

Hansi Strohtmeyer foi à mercearia da aldeia para perguntar se havia linguiças Cracóvia, e a sra. Winkelvoss trocou a calça dentro do carro, pois era muito quente para esse dia. Um velho apareceu na cerca e concordou com Jonathan, sim, era mesmo uma casa muito bonita e tudo ainda em ordem no interior dela, será que gostaria de dar uma olhada?

O portão de estrados de cama foi aberto, e Jonathan convidado a entrar. De fato, uma linda casa, enxaimel com colunas de madeira esculpidas na frente, e o celeiro também era digno de admiração, talvez construído duzentos anos antes. Invasão russa em 1914, Segunda Guerra Mundial. Russos, poloneses, alemães — o celeiro sobrevivera a tudo.

Apareceu uma jovem, foram à cozinha, e ofereceram a Jonathan um banco, e pousaram diante dele um copo de leite e um balde cheio de maçãs bastante enrugadas, mas deliciosas, recém-colhidas e ostentando respeitáveis orifícios feitos pelos bichos-da-maçã. "São maçãs próprias para serem armazenadas durante o inverno", pensou Jonathan, matutando se não deveria pegar uns galhos para levar e assim dar uma refrescada no mercado de maçãs dos supermercados da Alemanha Ocidental: eram ou *todas* verdes ou *todas* vermelhas ou *todas* amarelas. Era só entregar os galhos ao secretário de Agricultura, que então se responsabilizaria pela distribuição, e daí todas as pessoas de repente entenderiam como o sabor de uma maçã pode ser maravilhoso!

O leite que serviram a Jonathan não era lá muito limpo, o gosto era bom, mas no fundo do copo havia algo que Jonathan evitou engolir.

Agora estava sentado aqui. Será que deveria ter dito ao velho que os próprios alemães eram culpados de terem sido expulsos? Haviam enfiado todos os professores universitários em campos de concentração, fechado as escolas, os poloneses sem direito a aprender a ler e escrever, trabalhos forçados, fome... E depois a questão com os judeus! Deveria ter falado com ele sobre a linha Oder-Neisse e que Stettin está totalmente fora dela?

O velho falou uma série de palavras incompreensíveis, cantando baixinho para si mesmo. Os cabelos da nuca caíam sobre a gola da jaqueta, ainda tinha alguns dentes na boca. Contou que serviu o exército polonês quando era jovem, depois desertou e em seguida serviu o exército alemão. Depois foi *partisan* e em seguida voltou ao exército polonês, depois se mudou e acabou vindo para cá. Tudo isso Jonathan entendeu porque de vez em quando o velho punha umas palavras alemãs entre as polonesas, e o rapaz constatou que o homem nutria algo contra os judeus. Este, inclusive, não esfregava as mãos quando falava que os judeus foram "embora"?

Apareceram também crianças, crianças de verdade, parecidas com as maçãs do balde, descalças ou de botas de borracha, com avental colorido e uma delas usando óculos, nos quais faltava a haste esquerda da armação. Também surgiu um cão, um verdadeiro cachorro de aldeia, com muitos traços de *spitz* alemão, sem cerimônias se deitou debaixo do banco de Jonathan, provavelmente ali era, para ele, o lugar mais seguro. As crianças estavam de pé junto à porta, fitando Jonathan, que se sentia como na cena pintada no quadro de Fritz von Uhde: "O pão nosso de cada dia nos dai hoje".

Entrementes, a sra. Winkelvoss, que vestira calças muçulmanas de cor preta, veio pelo pátio fazendo soar os saltos dos sapatos com enfeites dourados, a prancheta cor-de-rosa apoiada no quadril. Se tinha visto a cerca?, perguntou a Jonathan: "Simplesmente demais!". Com prazer aceitou uma maçã daquelas pessoas que achavam que a sra. Winkelvoss era a esposa de Jonathan. Uma maçã, sim, mas nada de leite, disse a sra. Winkelvoss após ver os sedimentos no fundo do copo de Jonathan, ela desenvolve alergias quando toma leite, pequenas espinhas, ai, ai, ai! Erupção cutânea! Não, melhor não tomar leite.

Agora vieram vizinhos que, ao ver o carro fulgurante, logo pensaram se tratar de parentes alemães ou sei lá o quê, de quem talvez desse para extrair algo. Um deles chamou os alemães: com a intenção de mostrar algo, conduziu-os pela horta de ruibarbos, passando por cima de uma cerca pisoteada, até chegar ao grande celeiro construído sobre rochas. Os poloneses logo entenderam do que se tratava: um armário havia sido retirado do lugar, e assim surgira uma cavidade onde certamente, durante a guerra, haviam sido armazenadas enormes reservas: banha de porco em galões de leite, farinha de trigo, um saco de açúcar: instalação feita pelos alemães um pouco antes da invasão russa. Aquele espaço só fora descoberto no ano passado...

Jonathan gostaria de saber se por acaso ali também havia dinheiro ou uma Bíblia antiga, e onde haviam ficado as pessoas? Será que algum deles havia dado algum sinal de vida? Ninguém entendeu essas perguntas. Ouviu-se a palavra "milícia", mas Bíblia? Não. Uma "Bíblia" se encontra no outro lado, lá na igreja.

Como era mesmo o nome da aldeia na época alemã?, quis saber Jonathan, e a resposta foi: Rosenau.

Embora tivesse examinado o mapa cuidadosamente antes, em Hamburgo e também toda noite no hotel, e fosse obrigado a saber que hoje passariam por essa aldeia, o desejo de ver o seu lugar de nascimento era como se tivesse sido apagado. Fora o instinto que o levara a pedir a Hansi Strohtmeyer para parar justamente aqui.

Quando saíram do celeiro e voltaram ao local de origem, passando em meio a um bando de gansos, Jonathan explicou às pessoas que nascera ali, em cima de uma carroça, e o próprio Hansi Strohtmeyer, que acabara de chegar, também ficou sabendo que a mãe do rapaz passara desta para melhor durante o parto.

O velho logo entendeu o que Jonathan estava contando e repetiu para os outros: esse *pan*[10] nasceu aqui, nesta aldeia, e isso realmente é muito curioso!

Pegaram uma garrafa de aguardente, e cada um tomou um gole, e lá do outro lado estava a igreja onde, naquele dia fatal, a jovem mulher fora deixada, e bem ao lado passava exatamente a rua onde a carroça do tio ficara parada.

Jonathan foi até a igreja, uma construção de tijolos vermelhos cujos anteparos contra os raios de sol eram caiados de branco. Essa igreja poderia estar localizada facilmente em Schleswig-Holstein ou em Mecklenburg. "Nossos heróis tombados." Acercou-se do templo pela parte traseira. Para chegar, precisou descer uma ladeira escorregadia. Lá embaixo corria um riacho, um riacho próprio para as crianças atirarem pedras, e sobre o riacho havia uma passarela de concreto para que os fiéis pudessem encurtar o caminho até a igreja.

Ao experimentar a descida da ladeira, Jonathan escorregou e levou uma pancada na nuca. Com a força de um raio globular, um clarão invadiu o cérebro.

Por um instante, Jonathan ficou desnorteado, agora alguma coisa tinha mudado!, pensou. Por alguns segundos, essa

---

10. "Senhor" em polonês. (N. T.)

bordoada transformou as partículas de memória e imagens do cérebro em estrelas e linhas sonoras, indecifráveis, mas significativas.

Aos poucos, a imobilidade foi se desfazendo. Graças a Deus que ninguém tinha visto, os outros foram contornando pela frente, acharam esse caminho muito arriscado. Do alto dos seus quarenta e três anos, Jonathan sentiu vergonha de ter escorregado e caído.

Se a Winkelvoss tivesse caído, poderia ter sido engraçado, imaginou Jonathan, com todos os lenços e colares e toda a parafernália. Então teria tido um bom motivo para dar gostosas risadas junto com Hansi Strohtmeyer por bastante tempo.

Jonathan se equilibrou na passarela de concreto e escalou a pequena ladeira coberta de pés de urtiga, e logo estava no pequeno cemitério da igreja. Túmulos novos com cruz de madeira, flores e coroas murchas, e lápides da época alemã, cujos nomes haviam sido arrancados, letra por letra, com a ajuda de um formão. Junto ao muro semidestruído da igreja, havia muitos arbustos, pés de lilases, avelã, jasmim e chuva-de-ouro. Jonathan estava sozinho e pousou o olhar sobre um ponto do muro sabendo: *ela* jaz ali. Não estava triste, nem feliz, sequer se admirava de estar no cemitério, não sentia frio nem calor, um pouco de sol, um pouco de vento. Poderia ter seguido em frente, mas não tirava os olhos nem os ouvidos dali. Via o solo adubado, os arabescos de heras, uma abelha voando para lá e para cá, além de pardais, um avião passando, e ouvia as vozes dos outros. Ao mesmo tempo via, e isso o incomodou, o quadro que vira pendurado na casa da família Kuschinski, o quadro comprado em loja de departamento em que se via uma jovem mãe deitada num prado erguendo o filho acima de si.

Quando a sra. Winkelvoss gritou lá da rua: Oi!, será que está sonhando ou o quê?, ele voltou a si e foi se juntar aos outros. Haviam tido uma experiência maravilhosa, disse, haviam aberto a porta da igreja, e no vestíbulo havia uma professora sentada com algumas crianças muito fofas (ela disse: "molequinhos"), com certeza era aula de comunhão! Sentados em bancos velhos, como há cem anos!

No vestíbulo, onde a mãe dele um dia fora colocada, ao lado do armário com os números de madeira referentes aos cânticos, agora, portanto, havia crianças sentadas. Jonathan não precisava ver aquela cena. Será que devia ter explicado às crianças: imaginem que há muitos, muitos anos aqui aconteceu isso e aquilo?

Foi aqui, portanto, que ela foi desta para melhor, pensou, e não se incomodou quando Anita Winkelvoss agarrou o braço dele, apertando-o calorosamente.


Jonathan foi até o carro. Uma espécie de atordoamento perante a vida havia se apoderado dele. No âmago, sentia falta de um sentimento forte que lhe permitisse exprimir também através de mímica aquilo que acabara de acontecer. Sentia-se apático, mas ao mesmo tempo totalmente consciente da situação, estava "fora de si", mas com total noção de tudo.

Em pé junto ao carro encontrava-se Hansi Strohtmeyer, que o fitou. E, quando Jonathan estava prestes a entrar no veículo, aquele homem, que já pilotara num rali pelo Saara e uma vez ficara atolado num rio da América do Sul, perguntou ao jornalista: "E o seu pai?". E só então Jonathan soluçou. Agarrou a cabeça com as mãos e mal conseguiu se esconder no carro, enquanto via diante de si a imagem de um jovem tenente trajando calça de montaria, um "tenente alemão da *Wehrmacht*", condecorado com distintivo de prata por ter sido ferido na guerra. Via-o na praia do Vístula examinando o mar com o binóculo — "Quando eles vêm nos buscar?" — e por trás dele se ouvia o barulho das carroças de pessoas fugindo do leste para o oeste e do oeste para o leste. Jonathan deu um murro no encosto do assento, e no cérebro martelava: Tudo em vão! tudo em vão! E com isso não queria dizer a morte da mãe, nem a do pai, que fora obrigado a "bater as botas", nem os sofás-camas fabricados pelo tio, mas o sofrimento das criaturas, a carne pendurada na estaca, o bezerro que ele vira amarrado e amordaçado, a cabana no castelo de Marienburg preparada para o martírio, o cortejo de pessoas arrastando os pés sob um céu amaldiçoante.

É tudo em vão!, pensava e repensava isso todo o tempo. E mais: De quem é a culpa?

## 17

Durante a continuação da viagem, papearam sobre todos os temas, como o velho camponês era simpático, quase não tinha dentes na boca, e não se entendia o que ele realmente queria, mas, enfim, uma simpatia. E também todas as outras pessoas muito simpáticas, disse a sra. Winkelvoss, junto com elas conseguiria suportar uma situação de emergência se as coisas voltassem a mudar.

"... nem uma hora", afirmou Hansi Strohtmeyer, mas ignoraram.

A cena das maçãs havia sido terrivelmente simpática, bem que poderiam ter deixado para lá. E aquele esconderijo! Se tivéssemos remexido um pouco mais? O quê? Com certeza ainda teríamos extraído mais detalhes. Tudo o que ainda pode estar à espera de ser descoberto, tesouros enterrados! Daqui a quinhentos anos vão dar de cara com eles, como acontece com cerâmicas e moedas de ouro da Guerra dos Trinta Anos.

Aquela história lá no cemitério talvez tenha mexido muito com ele?, perguntou a sra. Winkelvoss. E disse que o havia visto lá em pé de uma maneira tal que havia pensado: Por que está ali parado? Por que está ali parado?, e então percebeu:

Preciso falar com ele agora, senão pode acontecer algo. O melhor teria sido se o tivesse fotografado, afirmou — certamente teria sido uma ótima recordação.

E as crianças na igreja, como eram bem-comportadas sentadas ali! A sra. Winkelvoss, que era católica, contou que uma vez levou um tapa de um capelão e desde então não voltou a pôr os pés numa igreja.

Após concluir o relato da experiência, liberou mais um capítulo da história sobre a adoção. Entre uma coisa e outra, o "livro de orações": "Depois de cinco quilômetros, dobrar à esquerda. Atenção: carroças puxadas a cavalo" — e depois a história: Disse que primeiro havia querido viajar sozinha ao Brasil, mas não teria aguentado sem o marido: aquela cultura de "molhar a mão das autoridades": passar uma nota de cem dólares para cada juiz e cada advogado... precisou de oito dias para dar conta de tudo!

Dentro de um Fiat Uno, seis adultos, a uma temperatura de quarenta e cinco graus à sombra! Umidade relativa do ar na casa de noventa e oito por cento, carro com portas fechadas, vidros das janelas levantados! Estrada de cascalho, buracos enormes cheios de lama. E as pessoas! Segundo ela, era como se a gente estivesse passando por formigueiros de pobreza, pessoas que viviam dentro do próprio lixo.

E depois, após uma viagem de cinco horas, o orfanato, um portão de ferro, era preciso dar duas buzinadas; no pátio um negro solitário, com deficiência física, e de repente a porta se abriu, e as crianças se lançaram em cima dela como cem mil moscas, todas crianças negras; segundo ela, sabiam muito bem que, quando os brancos vêm, acabam levando algumas consigo. E em seguida apareceu uma anciã que havia fundado o abrigo: "Agora mesmo vão buscá-la, a menina, três meses de idade, nós a encontramos abandonada numa escada". Contou que a menina foi então trazida aos braços dela, e pareceu mais difícil do que dar à luz um filho seu... Havia ficado com diarreia devido à agitação e às bactérias.

E depois voltar às repartições públicas: tirar fotos, providenciar passaporte, falar com a assistente social, ir ao tribunal, fazer tudo novamente...

Jonathan estava sentado num canto, imaginando, diante de si, uma praia, verão, o ruído dos banhistas. E viu o seu elegante pai, a cavalo pelas dunas, erguendo-se acima da sela e olhando para o horizonte: agora estaria com cerca de setenta anos se tivesse sobrevivido, algo inimaginável, e a mãe, com sessenta e cinco. Jonathan desejou voltar para a Isestrasse, para Hamburgo. Por que era que precisava ficar dando voltas por essa região? Isestrasse amada, Isestrasse malvada, Isestrasse odiada. Não desejava encontrar Ulla. O desejo dele era estar no quarto tranquilo, com o Botero na parede e o local improvisado para o asseio, de onde podia ver os estudantes jogando pão para os patos, e seu desejo era também pensar no trabalho que o enchia de prazer, as deusas nórdicas — quem sabe fazer uma viagenzinha a Flandres ou à Suécia?

Ulla Bakkre de Vaera — o que ela terá empreendido nesses dias? O que era mesmo que ela "empreendia"? O que ela "aprontava"? Pensou em Langeoog, onde a conhecera de manhã cedo na livraria Insel, justo no instante em que fora comprar jornais. Ela pensou que ele fosse um vendedor, e ele a deixara crer nisso, ela trajando uma blusa preta bordada com fios de prata e bermuda preta de seda em cujas laterais havia exatamente um centímetro de costura desfeita. Ele porventura tinha os diários de Novalis, perguntara: Novalis em Langeoog, na Livraria Insel! E em seguida foram rindo a um café, como se sempre tivessem planejado, embora sequer se conhecessem. E tarde da noite na praia fria, e ele havia gostado do cinismo dela, a forma como falava das pessoas, totalmente sem pudor, sorrindo amavelmente, e como ela o havia invadido desde o primeiro momento.

E assim trataram de seguir. Hansi Strohtmeyer se alegrou em ver o ônibus da Alemanha Ocidental com o grupo de expatriados que se movia à frente deles, balançando levemente para cima e para baixo; era de Düsseldorf, um superônibus com ar-condicionado e toalete, um superônibus com espaço para as pernas. As árvores ao longo da estrada balançavam as copas ao sabor do vento contrário, e não havia como ultrapassar aquela máquina.

Uma hora mais tarde, o ônibus virou à esquerda, exatamente ali onde a equipe da Santubara também queria entrar. Por uma estrada estreita, chegaram ao bosque de pinheiros e em seguida avistaram a placa: "Była Wojenna Kwatera Hitlera", a Toca do Lobo, antigo quartel-general de Hitler na Polônia.

O ônibus Magirus-Deutz deslizou silenciosamente até o estacionamento, e antes que todos os senhores de um olho só, uma perna só e um braço só descessem de supetão, acompanhados das esposas com o rosto corado, o carro guiado por Hansi Strohtmeyer passou em frente ao ônibus, parando num estacionamento especial ao lado de um trailer, de cujo interior uma mulher de cabelos negros assistia à cena.

*

Do estacionamento não era possível ver muita coisa — o quartel--general do Führer! —, mesmo se se abstraísse um grande bunker que um dia fora explodido logo na entrada: por trás de uma alta cerca de arame, hastes de aço se projetavam das fendas abertas. Parecia um pouco com um jardim zoológico onde, com um pouco de sorte, antes de entrar se pode ver um urso em cima de rochas de mentira, enquanto ao longe papagaios gritam.

Um estande com um buraco na vidraça para a venda de ingressos — proibido tirar fotos! — e ao lado uma placa com explicações em cinco línguas, a fim de evitar que as pessoas saiam fazendo molecagens por aqui: o número treze é o bunker de Hitler, o dezesseis o bunker de Göring; e o dezenove, o de Keitel. O número quinze não era um bunker, mas sim uma casa de chá, e aqui também havia um cassino. O guia dos expatriados informou à mulher do caixa que todos lamentavam profundamente que os alemães tivessem cometido tantas coisas ruins contra a pátria dela e disse que precisava de ingressos para o grupo de trinta e seis adultos e três crianças. Será que haveria algum abatimento?

Hansi Strohtmeyer estava preocupado com o trailer, pois não causava uma impressão muito boa. Refletiu se não seria melhor voltar lá e estacionar o carro noutro lugar?

Não, não era necessário. O Lada amarelo do comando de acompanhamento acabara de chegar, estava estacionando na beira do bosque. O sr. Schütte lançou um olhar atento ao valioso carro com motor de oito cilindros.

Jonathan pensou em Stauffenberg, herói e traidor, tentando imaginar como deve ter se sentido, com a pequena pistola no coldre, a mulher e o filho, quando chegou aqui com a pesada pasta debaixo do braço. A fuga foi planejada com mais zelo do que o atentado! Tic-tac-tic, o detonador perto da perna da mesa. Era preciso sair novamente da barraca sem chamar a atenção! Com motivos cuidadosamente apresentados, tinha de sair dali e em seguida deixar a área de alcance da explosão bem rápido, e cada vez mais rápido... E foi recebido em Berlim: tudo acabou, e, em vez de lhe darem um aperto de mãos como agradecimento, foi levado ao paredão.

Jonathan também ficou pensando se o próprio pai por acaso tinha trabalhado aqui, e o rosto de Stauffenberg tomou o lugar do semblante do pai, e continuou: se aquele homem estava mesmo fadado a morrer, por que não matou logo Hitler a tiro?

A sra. Winkelvoss hesitou um pouco antes de entrar. Na opinião dela, a visita a essa curiosidade era mesmo coisa para homens. Dois homens malcuidados, que provavelmente tinham a ver com o trailer, passaram bem rápido por ela, encarando-a de modo atrevido. Mas, antes de poderem ir mais longe, a mulher do trailer os chamou, e tudo acabou bem. A sra. Winkelvoss viu Jonathan na sua esbelteza intelectual, a gravata-borboleta de bolinha, mal-arrumada — e então se lembrou daquele breve instante à beira do lago, e de repente lhe ocorreu que ainda não se dedicara àquela pessoa. Passava todo o tempo conversando apenas com Strohtmeyer, que, de qualquer maneira, já conhecia, em vez de se dependurar nesse tipo estranho que vivia entrando e saindo de redações e que já estivera nos Estados Unidos numa época em que ninguém antes costumava ir aos Estados Unidos?

Quando Jonathan se preparava para entrar naquele templo coberto de mato e lodo, segurando o bloco de notas para registrar impressões em primeira mão e, se possível, fugir logo do básico, ela se apressou em colar nele, dando início a uma conversa. Será que realmente achava, perguntou, que essa merda nazista poderia ser interessante para os jornalistas do rali, será que não seria melhor deixar aquela parte de lado, já que aquele lugar poderia despertar sentimentos equivocados? E que eles na verdade só precisariam mesmo testar os novos motores de oito cilindros, e o que era mesmo que aquilo tinha a ver com os bunkers de Hitler? E depois, Deus sabe por que cargas d'água, proferiu uma palestra fazendo propaganda sobre a Sicília, onde também havia ruínas a serem visitadas, pois, continuou explicando, sempre que uma nova cultura se apoderava de um país, a preexistente era massacrada, e as pessoas, dizimadas.

Enquanto a mente de Jonathan estava tomada pelos acordes de *Les Préludes* de Liszt e pela visão daquele oficial montado no corcel em plena Champs-Élysées acenando aos soldados alemães que marchavam circundando o Arco do Triunfo, a sra. Winkelvoss tentava puxar conversa com o jornalista. Falava do improvável calor siciliano e do Stromboli, 926 metros de altura e ainda em atividade! Jonathan não parava de pensar que este caminho do bosque fora percorrido, para cima e para baixo, por aquele homem curvado e trêmulo, acompanhado do cão pastor, o mesmo sujeito que conseguira fazer com que multidões de pessoas cortassem a garganta dos outros com facas ensanguentadas. E também lhe veio à memória uma foto que vira certa vez, inverno de 1941 — mostrando três soldados rasos, perdidos numa tempestade de neve, açoitando o cavalo, que, golpeado pelos homens, tentava pular do monte de neve acumulada. Nesse meio-tempo, a sra. Winkelvoss elogiou a natureza da Sicília, aquela paisagem plana, ondulada, ele precisava ir na primavera, é quando a ilha está coberta pela floração, embora, a bem da verdade, as pessoas lá no Mediterrâneo já tivessem desmatado tudo.

A sra. Winkelvoss falava pelos cotovelos, mas de repente acabou acordando: só agora percebera que Jonathan estava calado. Se ainda sofria muito com aquela história da mãe?, perguntou. Ela o havia visto lá de pé, como se estivesse pregado no chão, e foi aí que pensou: Você precisa chamá-lo agora, imediatamente, senão pode acontecer algo, ela tinha se dado conta de que havia alguma coisa especial ali, em torno dele.

Assim foram entrando no negro vale povoado de árvores: como num filme ruim, aos poucos foi começando a chover. guerra nunca mais! Grandes placas indicativas, à direita e à esquerda do caminho, convidavam os visitantes a assistirem a um show audiovisual preparado de forma didática, mas Jonathan dispensou o sermão: buscava a experiência original, o cineasta Hans-Jürgen Syberberg, o biógrafo de Hitler Joachim Fest, o arquiteto do Reich Albert Speer, queria tocar, sentir, respirar as relíquias do Terceiro Reich, estava farto de noticiários.

Da carteira, tirou um mapa fotocopiado, graças a Deus que havia trazido, de modo que não haveria perigo de confundir o bunker de Himmler com o de Göring. E de repente já estavam ali, os dois blocos de concreto à esquerda e à direita do caminho, lajes de concreto de quinze metros de espessura, as quinas achatadas e, na parte superior, redes de camuflagem cobertas de musgo e plantas de plástico.

Hansi Strohtmeyer correu até Jonathan cheio de curiosidade — pois tinha a maior vontade de saber qual bunker pertencera a quem... com dados relativos às dimensões: tantos metros de altura, largura e espessura. E que, sob a laje de concreto, portanto no subsolo, haveria outros seis andares onde provavelmente tudo ainda estaria intacto, escrivaninhas, beliches, gaveteiros. Ninguém ousa entrar lá, pois se supõe a existência de minas antipessoais de fragmentação...

É verdade que os bunkers foram explodidos, não se sabe quantos vagões carregados de dinamite, mas tudo apenas causou alguns arranhões.

Strohtmeyer ficou refletindo se talvez algum espeleólogo poderia dar uma examinada aqui? E ousar descer bunker abaixo com uma corda vermelha amarrada em torno da cintura e lá encontrar esqueletos uniformizados, amontoados sobre um telefone de campanha militar?

Enquanto dava explicações exatas ao colega totalmente boquiaberto, Jonathan era obrigado a ouvir, de vez em quando, as preleções da sra. Winkelvoss sobre a Sicília. Que o trem que contorna o Etna parece uma linguiça de ferro e, além disso, os ruídos no interior do vulcão, as bufadas e os roncos...

A chuva macia e suave que pingava dos galhos das árvores corria sobre os bunkers e as paredes. A natureza exuberante, agora úmida e brilhante, o musgo nas paredes dos blocos de concreto, o caminho do bosque sem graça — o silêncio acima de tudo: era para ser sugado com as narinas bem abertas. Jonathan via os bunkers como monumentos megalíticos entre os quais, nos últimos dias da humanidade, os últimos sobreviventes se reuniriam no vermelho do sol poente.

O que pensariam os poloneses se passassem por aqui, disse a sra. Winkelvoss, será que traziam estudantes aqui com regularidade? Segundo ela, essa era a melhor aula prática que se poderia imaginar.

Strohtmeyer se perguntava — pois era muito estranho —, se Hitler estava tão certo da sua empreitada, por que foi mesmo que construiu esses bunkers aqui. Justamente o homem que inventou a *blitzkrieg* se escondera nestes monstros de concreto! Com essas coisas horríveis, ele teria conseguido suportar até bombas atômicas.

Sim, de fato era esquisito, e Jonathan admirou-se por ele próprio não ter pensado nisso. Decidiu anotar o dado e usá-lo no artigo. E depois, claro, fazer referência aos paralelos existentes com o castelo de Marienburg. Citar o general prussiano Gerhard von Scharnhorst, como era mesmo a frase dele: Quem se isola já perdeu a guerra?

O bunker de Göring, o bunker de Jodl, o bunker de Keitel — quase que passavam ao largo do local histórico, o lugar onde a bomba explodira! Da barraca onde Hitler, com óculos de armação metálica, realizava as reuniões para discutir a situação momentânea, não era mais possível reconhecer muita coisa, ainda se viam os alicerces. Jonathan pensou em fotos do criado pessoal de Hitler mostrando aos jornalistas as calças rasgadas do Führer, a cabeça enfaixada de um general e a foto de Mussolini sendo recebido por Hitler na estação ferroviária e relatando-lhe que sorte ele tivera mais uma vez, fora a providência divina etc. Ao fundo, o triunfante Bormann.

Não longe dali o bunker de Hitler. Com quinze toneladas de dinamite, não conseguiram destruí-lo, apenas ficou um pouco inclinado para o lado, e assim ainda estava de pé aqui, e assim ainda se manteria pelos próximos mil anos.

Um menino polonês veio correndo e acenando para eles: Dando a volta por trás, contou, havia uma entrada secreta, podia levá-los até lá, nunca ninguém entrara. Os três não estavam a fim de se jogar em passeios com descobertas arriscadas.

Jonathan ainda fotografou algumas curiosidades, pichações: "Hitler acabado!", e, apoiados na parede torta do bunker explodido, uns galhos finos, como se, com aquilo, se quisesse impedir a queda do bunker. Isso provavelmente fora ajeitado por alguma turma de alunos a pedido de um arte-educador: uma piada, portanto, que deveria mostrar que a humanidade transcende a história, talvez até de alma leve.

Jonathan achou graça de uma lata de lixo da República Popular da Polônia que fora colocada bem ao lado do bunker de Hitler.

Jonathan meteu no bolso um pedaço do muro que levaria para a namorada Ulla. Pena que não estava disponível o famoso filme que Hitler mandara fazer mostrando os conspiradores no instante em que foram estrangulados. Cobrar entrada e exibir esse documento histórico numa sala toda preta, no âmbito da exposição das crueldades, num circuito *non-stop*? Afinal de contas, os cinegrafistas certamente também aplicaram as leis estéticas do seu ofício ao filme, close-up, zoom e panorâmica?

A chuva havia parado. Quando se aproximavam da saída, o ônibus dos expatriados veio ao encontro deles trazendo as senhoras e os senhores que já haviam visto no castelo de Marienburg e em Sensburg. Haviam refrescado a memória com slides e agora estavam contentes em poder ver aquilo de que, nos tempos gloriosos, haviam sido impedidos.

O carro ainda estava lá. Ao que parecia, os dois poloneses haviam entrado no trailer com a mulher, era possível ouvi-los rindo, e logo depois o veículo balançou ritmadamente para lá e para cá.

Do lado de fora do ônibus, o motorista se sentara num banco, com sanduíches de queijo e uma garrafa térmica. Hansi Strohtmeyer pediu permissão para ver a cabine de comando. Foi autorizado inclusive a pôr o motor em marcha e conduzir o veículo dois metros para a frente e para trás. De acordo com ele, que já fizera os motores roncarem através de desertos africanos e até atolara num rio sul-americano, isso aqui era uma experiência que de longe superava a visita a blocos de concreto. — Mas agora vamos desligar essa coisa bem rápido, pois, se tivesse aparecido um miliciano e perguntado pela carteira de motorista, não teria terminado bem.

Quando por fim dariam continuidade à viagem, Jonathan achou que vira o pai de pé na entrada de um bunker. Ele havia se abrigado? Quanto tempo aquilo ainda duraria?

# 18

Tarde da noite, voltaram a Danzig, de alguma forma já familiarizados com essa cidade, "as ruelas tão bonitas", como formulou Anita Winkelvoss. Devido ao carro roubado, o general do turismo os esperara e sinceramente lamentava muito, afirmou, entristecido, essa coisa o constrangia terrivelmente... A pátria dele sofrera um dano na reputação, mas ficara um carro com motor de oito cilindros mais rica, assim como também ficaria mais rica com a ajuda dos vinte e seis jornalistas que em breve estariam dirigindo pelas estradas sombreadas da terra que agora e para sempre pertencia à Polônia e deixando muito dinheiro por lá.

Com relação ao sr. Schmidt, o gourmet cosmopolita, ficaram sabendo agora que infelizmente não poderia vir, o que não era nada de novo! Primeiro criava a maior expectativa para depois se escafeder. Perguntaram se Jonathan não teria escrito algumas linhas sobre os cardápios.

Sentiram-se como se estivessem no filme *Die Feuerzangenbowle* ao subirem as escadas até o restaurante Pod Łososiem, onde reinava uma atmosfera agradável ao som da música de uma banda chamada Hot Chocolades. Um mendigo, que tentava segui-los com a mão aberta estendida, foi expulso pelo leão de chácara.

Sopa de pão com linguiça, uma enguia ou filé de lucioperca?, essa foi a pergunta feita. Para beber, Hansi escolhera uma *piwo*, enquanto Anita Winkelvoss um *likiery* de cor amarela, mais precisamente um Bananowy Havana Club por cento e cinquenta zlótis a taça. Para ela, o vinho seco tinha um sabor demasiado suave, já havia dito mais uma vez ao garçom atrapalhado. Amanhã estariam novamente em casa! Isso a deixou bem animada.

Jonathan nem participou do final da festa de despedida, saíra em busca do seu fantasma. O joelho protuberante por baixo da coberta, aquele globo de carne: Não fora um sinal: venha outra vez?

Mas não encontrou o pedaço de papel no qual anotara a rua, extraviara-se durante o roubo. Saiu andando pelas ruelas cantando no estilo de um tenor italiano, elevando e baixando a voz: "Maria, caríssima Maria!". Mas a casa ele não voltou a encontrar. As ruelas também tinham um ar do filme *Die Feuerzangenbowle*, com lua cheia e navios apitando ao longe, e a vontade de fazer algo logo se dissipara.

"Uma pena para aquelas pessoas", pensou Jonathan ao se deitar, "eu ainda poderia ser muito útil a elas."

E passou então a refletir sobre tudo o que ainda teria podido fazer por elas, e depois chamá-las à Alemanha e ficar sentado em Blankenese com Maria, um montão de sorvete e um pequeno guarda-sol de papel por cima, e deliciar-se com a admiração dela ao ver os navios passando ao longo do Elba, enquanto ficam sentados ali com tanto aconchego tomando sorvete — algo assim ela certamente nunca vivenciara.

O que pensariam dele se o medicamento não chegasse: "Isso é a cara do povo do lado ocidental", diriam, "convencidos e egoístas".

*

Após o café da manhã, surgiu uma polêmica se ainda deviam ir a Stutthof, um campo de concentração que não era mencionado em nenhuma enciclopédia?

"Ah, não, isso está indo longe demais", disse a sra. Winkelvoss, que já voara por meio mundo para adotar uma criança. Segundo ela mesma explicou, tivera um professor que passava o dia inteiro contando histórias sobre essas coisas de judeus, sempre mostrando aquelas imagens terríveis, o ano inteiro, de modo que a demanda dela já estava satisfeita. E em seguida se preparou para repetir que os alemães executaram os judeus na Polônia e, em Auschwitz, até mataram na câmara de gás...

Mas Hansi Strohtmeyer se manteve firme, pois, estando o campo de concentração fora da rota, no mínimo era preciso "oferecer essa opção" aos participantes do rali. E para tanto seria necessário ir até lá e verificar como é a questão do estacionamento, se também há banheiros e um local para comer uma coisinha. Entre os jornalistas, continuou, também devia haver pessoas que apenas estavam esperando que esquecessem o campo de concentração, e então publicariam nos jornais que a fábrica Santubara, com produção automatizada de veículos, provavelmente ignora o holocausto — não, olhando para o seu relógio preto, que tinha dois mostradores, era à prova d'água e mesmo numa profundeza de trinta metros ainda marcava a hora exata, afirmou que agora rumaria para Stutthof e que ela então podia ficar no hotel e preparar a conta.

A sra. Winkelvoss concordou plenamente. Descalçou os sapatos sob a mesa, acendeu um cigarro e pediu, na sua maneira de falar, um *"Citron' natür"*, e acabaram lhe trazendo um refrigerante Sinalco. E depois foi arrumar as joias de âmbar que comprara durante o passeio, embora sequer gostasse de âmbar; e ficou olhando o grupo de expatriados que invadia a lojinha do hotel para fazer as últimas compras: Mas é uma pena que aqui não tenham um prato com o brasão...

Agora a questão era se Jonathan deveria ir junto. E Jonathan se viu num grande dilema: procurar Maria ou visitar o campo de concentração? Estava muito interessado em ver Maria, mas deixar de visitar o campo assim, sem mais nem menos, não podia correr esse risco. Uma quantia de cinco mil marcos, e que ainda era negociável? Aí se apresentava a chance de realmente fugir do básico na hora de escrever o artigo, ou seja, precisava descascar aquele abacaxi. Não podia deixar de ir a Stutthof.

Já eram nove horas e, portanto, já quase passava do momento de ir, pois à tarde já teriam de voltar para casa. Deram então partida no carro recém-lavado, que estranhamente ostentava um arranhão feito com prego; os técnicos estavam lá de uniforme cinza, cumprimentando, e dessa vez Jonathan se sentou no banco dianteiro. Hansi deixou de lado o "livro de orações", se havia ou não buracos na pista, seguiram em frente, mas isso era algo que poderia ser notado até por um jornalista especializado em motores e que não tivesse noção nenhuma de direção. "Os Siebeck do esporte automobilístico", como Hansi Strohtmeyer costumava chamar essas pessoas, fazendo referência ao célebre jornalista e crítico gastronômico Wolfram Siebeck.

Ficaram bastante calados: o que estava por vir agora não seria nenhum mar de rosas.

Atravessaram lugarejos que antigamente tinham nomes muito peculiares, como Jonathan viu no mapa antigo: Heubude e Bohnsack, Neue Welt e Junkeracker;[11] passaram por uma ponte giratória pintada de verde, tiveram de ser transportados numa balsa para o outro lado do Vístula, uma Mercedes de Düsseldorf com vidros escurecidos já estava no barco: um homem e uma mulher de óculos escuros, pessoas de certa idade vestidas de cinza-claro e branco, que sabiam muito bem que aquela balsa ainda era da época alemã e ficavam explicando um para o outro em voz alta para que todos ficassem sabendo: Nem isso os poloneses conseguem fazer, construir uma balsa nova.

Jonathan confirmara nas leituras: naqueles dias de janeiro de 1945 essa travessia do Vístula funcionara como o buraco de uma agulha; aqui carros movidos a gasogênio da *Wehrmacht* alemã prestaram o último contributo, e os camponeses açoitaram os cavalos. E aqui bombardeiros britânicos cumpriram a tarefa de dar cabo dos últimos refugiados, pessoas que queriam se salvar levando cômodas e relógios de pêndulo até a outra margem e que já haviam sido atacadas pelos tanques blindados do Exército Vermelho. Os *gentlemen* foram instalados na cabine de comando, vestiam elegante uniforme de couro, fumavam cigarros Craven A, na cabine quentinha e seca, a batalha de Dunquerque ainda fresquinha na memória. Apontaram para baixo: Quantas bombas ainda temos? Vamos lá, vamos lançar um último ataque aéreo e mostrar a essa escória lá de baixo no que é que dá votar num bandido feito Hitler. Noventa e oito

---

11. Os topônimos mencionados significam, em tradução literal:
Heubude: Loja de Feno; Bohnsack: Saco de Feijão; Neue Welt: Novo
Mundo; Junkeracker: Campo Fidalgo. (N. T.)

por cento a favor da Alemanha? Pois tomem lá. E não acertaram a balsa — essa ainda foi a melhor parte!

Hansi Strohtmeyer pegou o livro de orações e anotou que aqui não há ponte, mas sim uma balsa que faz o caminho de ida e volta, e não precisa se irritar se ela tiver acabado de sair quando chegar por lá molhado de suor, porque ela volta imediatamente ao ponto de partida, desde que esteja funcionando.

A restinga do Vístula. Ah, as raias de espuma convexas no seu incessante espumar até a terra, e os pinheiros desgrenhados pelo vento forte... Quanta coisa poderiam aproveitar para o turismo!, disse Hansi Strohtmeyer, poderiam encher os bolsos! Sem precisar sujar as mãos! Começando por se livrar do estaleiro em Danzig! Cafés, hotéis, restaurantes e aluguel de cavalos para os turistas cavalgando pela praia... E anotou onde se poderia construir um hotel desses, e lembrava, num tom de voz mais baixo, a soma das suas reservas financeiras, será que seriam suficientes para tanto, quem sabe um dia.

Jonathan pensava que a restinga tivesse pelo menos dez quilômetros de largura, no mapa parecia assim. Agora podia ver que se tratava apenas de uma única estrada com algumas terras à esquerda e à direita. E aqui, nesta estreita língua de terra, quando a porteira já estava fechada, os fugitivos, após a marcha fatal sobre a laguna congelada, ficaram se arrastando de um lado para o outro. Não conseguiram mais passar para chegar até Danzig e tampouco até Pillau. Então ficaram parados, colados uns nos outros, dia após dia, noite após noite, olhando para o céu.

\*

Em Stutthof, houve uma "grata surpresa", no dizer de Hansi Strohtmeyer: é que o campo de concentração estava fechado. "Fechado hoje", estava escrito na porta. Seja como for, graças a Deus, pensaram os dois homens. Olhar as barracas lá dentro e talvez ver os aparelhos de tortura no museu, e em seguida ouvir o guia passar na cara deles que eles são culpados da morte de dezenas de milhares de judeus húngaros...

Sacudindo o portão, Hansi Strohtmeyer olhou através das grades — nada a fazer. Da mesma forma que agora olhava para dentro do campo, as pessoas naquela época devem ter olhado para fora, desejando sair dali.

Não muito longe, parou a Mercedes de Düsseldorf com os vidros escurecidos. O homem e a mulher desceram. Só Deus sabe o que vinham fazer aqui! Talvez o homem tivesse sido membro da ss, ficasse cavalgando pela praia naquela época, e os prisioneiros tirassem a boina em sinal de cumprimento?

Não, a situação se revelou outra. A mulher era a personagem principal. Trabalhara como detenta na lavanderia e assim acabara se salvando. Fizeram toda essa longa viagem justamente por isso!, explicou ela a Hansi Strohtmeyer, de Connecticut até a Alemanha... Será que os dois não podiam mexer os pauzinhos para abrir uma exceção nesse caso? Ela falava pelos cotovelos, enquanto o homem, com cara de poucos amigos, dava uma volta em torno do carro japonês da Santubara, examinando-o. Passou a ponta do dedo sobre o arranhão feito com prego.

"Não, hoje está fechado", disse um polonês que vinha se arrastando pelo caminho, uma "figurona" da Hungria gostaria de ver com toda a calma o que restara do campo, de modo que nada podia ser visitado nem registrado. Mesmo com cinco marcos nada poderia ser feito... Ele estava aqui com algumas notas de marcos alemães, disse o polonês, ele as achava tão estranhas? Será que ainda são válidas? Não, não estavam mais valendo, eram notas de *Rentenmark*, moeda criada para combater a hiperinflação, eram de 1934 e podiam ser jogadas fora sem dó, pois nenhum museu alemão as recebia mais. O casal da Mercedes de vidros escurecidos também não teria podido ajudar muito nisso, já haviam partido.

Ao entender que aquele dinheiro não servia para nada, que, portanto, lhe haviam passado a perna, o homem proferiu um xingamento bastante nojento, e os outros dois tiveram de entender que se referia a eles; não havia nada a fazer.

"Sabe de uma coisa?", disse Hansi Strohtmeyer, "se não conseguimos entrar, então pelo menos vamos até onde está o seu pai".

Era algo que ele não podia exigir, disse Jonathan, e mostrou-se totalmente avesso à ideia; para quê mexer novamente nas histórias do passado, e mais: já não era tarde demais? Ainda conseguiriam pegar o avião?

Um bunker à beira d'água, bem nas proximidades de Kahlberg, esse era o nome, havia sido uma única bomba: "O senhor seu pai não sentiu nada, a morte dele foi instantânea...". E Jonathan não queria ir até lá, mas também não foi indagado se queria. Hansi Strohtmeyer não se deixou demover da ideia que tivera durante a noite. Fez um giro completo com o grande carro, e seguiram lentamente em frente — e graças a Deus não era longe. Aqueles poucos quilômetros não fariam nenhuma diferença, e naquele carro de teste o marcador digital praticamente não acusava nenhum efeito negativo. E, se antes andava muito calado, agora Hansi Strohtmeyer começou a contar detalhes das suas corridas. Na África tinha ficado sabendo de um agricultor negro que, no ano do rali, somente tinha plantado melões por achar que os pilotos e jornalistas que passariam pela aldeia iriam querer muito algo refrescante. Todo o dinheiro e o trabalho de um ano, o homem enfiou na roça de melões, aprontou uma mesa com os produtos, e o resultado? Vruummm, tinha sido tudo. Uma meia hora de barulheira e não vendeu um melão sequer.

Em Krynica Morska, melhor dizendo, em Kahlberg, havia algumas casinhas bonitas com varandas pintadas de verde abertas para a rua e gladíolos nas cercas. Outrora moraram alemães aqui, pessoas comuns, eram casinhas alemãs com varandas alemãs, pintadas de verde. A casa da esquina deve ter sido a sede do comando militar, onde operadores de rádio postados diante de aparelhos receberam as últimas ordens. Talvez um tenente alemão tenha ficado sentado refletindo se ainda haveria algo ali que o impedisse de bater em retirada.

Orientar-se nesse lugar não foi difícil. No cruzamento, à esquerda, o caminho levava até a água. Já se ouvia o Báltico, e também se sentia o seu cheiro: Hansi Strohtmeyer costumava navegar no mar num superbarco a motor quando acontecia de ter tempo entre uma corrida e outra. Jonathan não tinha nenhuma lembrança do Báltico. Quando criança, todos os anos ia com o tio ao Mar do Norte, para Langeoog, levando pipa, pá e balde, e depois, anos mais tarde, conhecera Ulla Bakkre de Vaera lá, cedinho da manhã, na livraria, quando saíra para comprar jornais. Foi ela quem começou aquela história, e foram tempos bonitos, tão insólitos e descontraídos. Lembrou-se da bermuda preta da namorada com aquelas costuras laterais um pouco desfeitas, mas isso não mexeu nada com ele.

O acaso é a única constante na vida, pensou Jonathan.

Na praia havia barcos de pesca, pintados de amarelo e azul, e homens pondo redes de pesca nos barcos.

O ultrassom lhes informara que havia alguns peixes nadando a vinte graus no sentido NNO. Com as guelras, os peixes acabariam presos nas redes, pequenos e grandes, em seguida seriam retirados da armadilha, seria feita uma incisão na barriga, as vísceras seriam extraídas, pois as belas senhoras nas peixarias limpas exigem que o filé seja fresco, e depois será frito com manteiga de boa qualidade.

Hansi Strohtmeyer deixou Jonathan ir na frente como um radiestesista com a sua varinha buscando veios d'água e seguiu observando-o atentamente para evitar que desistisse, dizendo, talvez: "Sabe de uma coisa, isto aqui não faz nenhum sentido...". Mas não foi para isso que fizeram todo aquele desvio! Hansi Strohtmeyer não supunha que Jonathan soubesse onde exatamente ficava o bunker em que o pai estivera, aquele homem que tivera a ideia de sair no meio da noite: acender um cigarro, isqueiro aceso, e em seguida aconteceu aquilo. Seguia Jonathan para obrigá-lo a não desistir da busca. O instinto agora precisava ajudar a achar o local onde o pai do jornalista encontrara a morte.

De fato, Jonathan nada sabia. Escutava a água e as gaivotas, olhava os pescadores... Nunca prestara bem atenção quando diziam: um bunker nas dunas, bem próximo da água, o pai encontrara a morte ali. Fora bem mais interessante saber que não haviam conseguido muita coisa remanescente dele: apanharam o distintivo de prata, e no meio das gramíneas das dunas ainda recuperaram um sapato.

Jonathan teve de fazer um esforço para pensar no tenente da *Wehrmacht* alemã que fora o seu pai, com a boina típica da linha de frente ostentando uma dobra, calça-culote. Um homem desconhecido, mas, ao mesmo tempo, muito próximo e ainda ali presente, mais uma vez presente. Uma bochecha áspera, não barbeada, encostada na sua bochecha, e a mala com diários e cartas que estava no sótão da casa do tio Edwin em Bad Zwischenahn — até hoje nunca fora aberta. O pai dele era um morto que se dera conta de que aqui e agora a pessoa colheria os seus últimos segundos na terra, um morto que ali, do outro lado, se erguia da lama quente — tanto tempo jazendo, tanto tempo dormindo... Uma alma que agora olhava para o lado de cá como a indagar se estão se referindo a *ela*? Ou será que não se trata de um equívoco? O que tinha para fazer ali embaixo com esse jovem homem, cujos cabelos o vento lançava para a frente, que agora ia em linha reta àquele local onde um dia aquilo acontecera, onde o raio lhe arrancara a cabeça e atomizara os membros.

Jonathan estava prestes a gritar "Foi aqui!", para que tivesse fim aquela caminhada penosa na areia, mas não teria dado certo, Hansi Strohtmeyer não teria aceitado. A cada minuto este foi ficando sempre mais atento, agora queria saber tudo, de maneira bem exata.

Era um belo dia, e Jonathan olhou para a água que deslizava fazendo chuá, chuá, mirou o horizonte envolto em névoas. Do terraço de madeira, que outrora talvez tenha sido um café com espaço para dança, "verão, sol, Erika!", sentinelas olhavam para cá munidos de binóculos, e os pescadores nos barcos também pararam e começaram a olhar para cá: o que era mesmo que levava a ficar ali parado aquele jovem homem de gravata de bolinhas, uma pequena figura vertical na natureza ampla que ali jazia.

Jonathan se virou, olhando para cima na direção das dunas, e foi quando percebeu uma antena de radiotransmissão. Um tanto desajeitado devido à areia fofa do Báltico, deu alguns passos e viu tratar-se de um posto de observação militar, uma barraca diante da qual estavam os destroços de um pequeno bunker. Jonathan indicou a Hansi Strohtmeyer: É ali. Seguindo em frente, vinte passos depois ficaram mais próximos, foi quando ouviram os gritos dos soldados que atuavam como sentinelas e tinham por obrigação cuidar da vigilância para que ninguém se aproximasse da santa pátria vindo pelo mar: O que era que estavam querendo aqui, eis a indagação dos soldados, e Hansi Strohtmeyer tratou de responder. Pensaram que ali era uma barraca de venda de sorvete, está muito quente hoje, e Jonathan se postou de costas para o bunker, e agora via o que o pai vira nos últimos segundos de vida. Deixou o olhar chegar até as colunas de fumaça no horizonte, e, se esse olhar fosse algo material, talvez um pombo, então poderia ter retornado como um eco. Todos os olhares lançados desse lugar poderiam ter retornado neste instante, a busca pelo binóculo do pai — será que os cargueiros não virão logo — Dinamarca! —, os olhares cheios de esperança dos refugiados, o desespero dos judeus — também a indiferença de senhoras do pré-guerra que passavam creme Nivea e observavam os barcos a vela inclinando-se para o lado... Todas as indiferenças teriam retornado, todas as esperanças, todos os desesperos — como uma rajada de imagens desbotadas.

Jonathan inclinou-se, pegou um pouco de areia e despejou-a no frasquinho de remédio de Maria. Um instituto de perícia forense talvez pudesse distinguir estilhaços microscópicos do seu pai entre as minúsculas pedrinhas de quartzo marrons e pretas. E esse foi o final da cerimônia. Hansi Strohtmeyer gritou para os soldados: "Pois então tchau!". Os pescadores se curvaram nos barcos, os pássaros bateram asas, e o tenente da *Wehrmacht* alemã, do outro lado, pôde afundar de novo na lama quente de onde fora evocado.

"Era o meu filho que estava me procurando", sussurrou aos companheiros, e eles disseram aos outros: "Era o filho dele que veio procurá-lo".

E Jonathan pensou: "A minha mãe foi desta para melhor durante a fuga, e o meu pai perdeu a vida na restinga".

Chamei-te pelo teu nome, tu és meu.

## 19

No final da tarde, a aeronave da LOT aterrissou em Hamburgo. Na variada fila de passageiros que desciam do avião, também se encontrava Jonathan Fabrizius, cuja mochila pouco prática, mas adequada, ia batendo contra a cavidade posterior dos joelhos. Levava o casaco sobre o braço e, na mão, um canudo com a gravura do *Juízo final* de Memling, imaginado como presente para Ulla, os condenados caindo no inferno e os bem-aventurados insípidos subindo na direção de Deus. Jonathan estava um tanto distraído: a viagem realmente exigira mais dele do que imaginara. Isso vinha a calhar para o reencontro com a namorada. Ela o olharia e diria: "Mas como você está relaxado, querido?". E em seguida haveria algum assado de panela, e ele contaria o que a viagem lhe trouxera. Ela escutaria atentamente e sem dificuldade, e durante a noite seria dado o assovio.

No saguão, em meio aos estridentes anúncios do voo com destino a Tenerife, cujos passageiros aproveitariam a temporada para nadar, comer, dormir... a sra. Winkelvoss, com roupas bufantes e trinta e oito anos de idade, entregou a ele o cartão de visita para que ligasse um dia quando fosse a Frankfurt; ela tem um quarto de hóspedes, com banheiro separado; poderia ficar hospedado lá a qualquer hora, o marido dela ficaria contente. Ela o chamou de "Joe". E depois ele ganhou um beijo protocolar. Contou que estava voltando para o marido e para a filha, um marido que penteia os cabelos por cima das orelhas e uma filha que é chamada de "café com leite".

Hansi Strohtmeyer, o "motorista" de nervos de aço, estendeu a mão a Jonathan, apertando-a tanto que o jornalista se dobrou ao meio. Olhou mais uma vez para aquele homem e hesitou.

Foi um episódio, pensou. Pessoas assim há como areia no mar... E "não faz nenhum sentido", disse baixinho e tomou um táxi para Eppendorf, dentro do qual uma balada de sucesso cuidava do entretenimento.

*Oh, oh, oh, no México...*
*Oh, os rapazes alegres se lançam,*
*Pois as morenas sempre em festa,*
*Suas cadeiras gingam e balançam,*
*Em toda aldeia perdida na floresta!*

Jonathan refletiu um momento se primeiro não deveria dar uma passada na loja de Albert Schindeloe; dizer a ele que a vida na República Federal da Alemanha é realmente uma porcaria e contar que em breve deveriam juntos fazer uma viagem para lá, para a Prússia Oriental; tendo estado uma vez na Prússia Oriental, nunca mais isso larga a gente, aquelas magníficas alamedas — ainda da época alemã! — e o simpático caos dos poloneses... Jonathan sabia muito bem que nunca mais voltaria à Prússia Oriental: Florença, o Portão do Paraíso ou o Castel del Monte com certeza eram bem diferentes daqueles tijolos medonhos do castelo de Marienburg. Ou, quem sabe, ir a Flandres, em busca de deusas nórdicas?

Não foi ver Schindeloe; em vez disso, pediu ao taxista que o deixasse na Isestrasse, número 13. Subiu as escadas acelerado, como sempre fazia, ultrapassando o elevador sacolejante, no qual a generala subia justamente agora, e ainda conseguiu correr e escapar para dentro do apartamento antes dela. E então veio a grande surpresa: estava vazio! Quer dizer, o seu quarto, é claro, não estava vazio, mas o quarto da namorada, sim. Ulla Bakkre de Vaera tinha dado no pé na calada da noite e levado até o algodão de limpar o rosto que havia no banheiro. Aproveitara a oportunidade para ir morar com o chefe. O apartamento no sótão, no andar mais alto do museu, a tinha convencido. Três compartimentos, guarnecidos com papel de parede nas mesmas cores do papel de parede do hotel Frauenplan, além de um banheirinho charmosíssimo. As coisas dela foram levadas no furgão do Museu de Arte, e o dr. Kranstöver lhe entregou um buquê de gladíolos e levou para ela pessoalmente um quadro do acervo, uma pintura dinamarquesa que retratava uma menina usando um gorro com pompom na cabeça. Naquele instante, Ulla Bakkre de Vaera com certeza estava pendurando quadros no museu, talvez alguma representação da Deposição da Cruz, e o dr. Kranstöver, no escritório, guardava, na gaveta da escrivaninha, a foto com moldura de prata de uma senhora de certa idade e enfiava dinheiro na carteira — passar uns dias viajando pela França, relaxar, antes de começar o alvoroço da exposição. Tendo ao lado uma pessoa cujos enigmas precisavam ser decifrados. Receber nas mãos a xícara de chá amargo, enquanto os lagartos correm em disparada pelos seixos de ardósia. Talvez uma boa sina ainda lhe presenteasse algumas horas de ouro, o tempo voava cheio de inveja.

Sim, o quarto de Ulla estava vazio. E Jonathan não entendia. Ela havia morado aqui, jogado paciência e também ouvido o *Concerto para piano em mi bemol maior*, e agora tinha ido embora? Jonathan abriu a porta corrediça, que normalmente ficava obstruída pela estante de livros de Ulla, em seguida voltou para o seu quarto, para o sofá de couro e para a mesa da cozinha e depois retornou ao quarto de Ulla, postando-se à janela, em cujo parapeito ficavam uns jarros de gosto duvidoso. O metrô elevado passou com barulho estrondoso.

Não havia dúvida, Ulla o deixara, levando a gravura de Callot com a cena de serração e também a luminária Gallet, que sempre lançava uma luz tão aconchegante sobre a mesa quando ela, de mãos macias, reorganizava as folhas do arquivo de crueldades. Ela havia arrumado as malas e deixado o apartamento, provavelmente até com a ajuda de Albert Schindeloe. Os motivos jurídicos para o repentino desaparecimento dela poderiam ser lidos numa carta depositada no parapeito da janela; nisso podia confiar. E todos os motivos seriam plausíveis, e mesmo assim ele não os entenderia.

A quem agora deveria contar sobre os dias passados na Prússia Oriental? Sobre as vivências do passado, que não deixamos de correr perigo quando cuidamos de coisas que na verdade já deveriam ter sido esquecidas. Sobre a deusa nórdica de Danzig, sobre o castelo de Marienburg, que aquela era equivalente a este? Mas que no final das contas tinha ficado insatisfeito? Aquela mania utilitarista de construir — não, o Castel del Monte era muito mais convincente.

Jonathan voltou ao seu quarto e pôs a bolsa em cima da mesa. Tirou da bolsa as anotações e ajeitou-as ao lado da máquina de escrever, e em seguida datilografou, em pé, algumas letras na velha máquina, como a gente faz quando toca as teclas do piano na casa de alguém que a gente está visitando, mi, fá sustenido, sol sustenido, si, dó — e então os amigos dizem: Ele está triste.

A letra "e" ficou emperrada, como sempre.

Pensou em Rosenau e no muro do cemitério, e na queda que levara, aquela pancada forte na nuca, e foi vendo uma sequência interminável de portas que bem aos poucos se fechavam.

"Tanto faz...", disse em voz alta.

O quarto claro, ensolarado lá na frente: agora poderia se mudar para lá, pôr a mesa em frente à janela... Sim, o melhor seria, pensou, manter os dois quartos, assim poderia muito bem passar de um lado para o outro, olhar para fora na parte da frente e também na parte traseira, e ainda poderia espalhar mais livros pelo chão. Que bom que havia feito amizade com a generala, ela concordaria com isso. Ela agora provavelmente estava na cozinha, inclinada sobre a pia para se livrar das secreções de fumante. Ou estava com a orelha colada na parede ouvindo se ele estava encarando bem aquela situação ou se estava tendo um troço depois desse golpe do destino?

"Bater as botas", essa expressão lhe ocorreu de repente, e ele sabia a quem estava se referindo e em vão tentou repelir as palavras — eram uma alusão ao tio, que se parecia com Julius Streicher, mas que, ao contrário, era uma pessoa tão bondosa. Oitenta e seis anos de idade? Em breve bateria as botas, era tido como certo, e então alugar dois quartos não seria problema nenhum.

Estranho que o Botero tivesse sido tirado da parede. O quadro estava apoiado no chão, o prego arrancado, e o buraco encoberto com uma camada de farinha de trigo.

Isso agora queria dizer mesmo o quê?